JN091424

物が語る故、物語。
ある本丸の刀剣男士たちによる
これもまた、ひとつの物語。

西暦二二〇五年、歴史の改変を目論む歴史修正主義者によって、
過去への攻撃が始まった。
時の政府は、それを阻止するため審神者なる者に歴史の守護役を命ずる。

審神者とは、物の心を励起し、目覚めさせる技を持つ者のことである。

そして審神者は、かつて精神と技を込めて造られた刀剣を人の形に目覚めさせた。
歴史修正主義者が送り込む、時間遡行軍と戦い、歴史を守るために。

人の形をとった、それらを刀剣男士という。

映画

小説 刀剣乱舞

TOUKENRANBU THE MOVIE

——黎明——

原案●「刀剣乱舞ONLINE」より
(DMM GAMES/NITRO PLUS)

脚本●小橋秀之　鋼屋ジン

著●望月伽名

小学館

この作品は「映画刀剣乱舞－黎明－」を
ノベライズしたものです。

目次

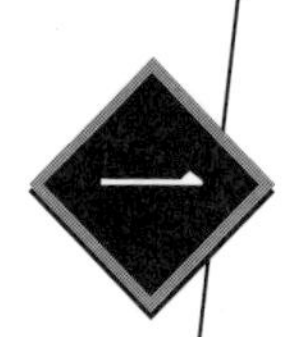

長徳《ちょうとく》（西暦九九五）年の夏、京。

大内裏の一角にある陰陽寮。室礼《しつらい》が整えられ、様々な調度や道具が整然と並べられた一室で、右大臣になったばかりの藤原道長は、陰陽師の安倍晴明から報告を受けていた。ここでいう陰陽師とは、国家的な災厄怪異について占う役職である。

「……鬼にございます」

晴明の口から重々しく発せられた「鬼」という言葉にも動じることなく、道長は淡々と尋ねた。

「それはまことか、晴明」

「はい。京を騒がせし神隠し。これなるは大江山に棲まう鬼、酒呑童子の仕業。捨て置けば朝廷に、大いなる災いをもたらすでしょう」

ふむ、とうなずいて道長は、生真面目に頭を下げる晴明に応えるべく、おおげさに恐れてみせた。

「おお、おお、恐ろしや、恐ろしや。そのようなおぞましき鬼、何としても討たねばならぬ」

平伏する晴明に、道長は皮肉めいた笑みを唇の端に浮かべた。

「……茶番だな」

「政とは、そういうものなのでございましょうな」

顔色ひとつ変えず晴明も皮肉で応じ、道長は、うむうむ、と深くうなずいた。

前年正暦五年の春ごろより、京で疫病が蔓延した。それ以前から自然災害による農作物や人的被害が相次ぎ、この年の春、世を一新しようと改元したばかりだ。

が、改元もこの何十年かは数年ごとに繰り返され、今やそうしたことでは民衆や貴族たちの怯えは拭えなくなっていた。

食糧不足のため治安も悪化し、昼日中から強盗や、姫君たちの神隠し……要するに略奪が頻発している。

外部から持ち込んだ疫病を京に流し込み、略奪をおこなっている存在を見つけて掃討しなくては、人々の怯えと不満はやがて政に携わる者へ向けられるだろう。

憎むべきそのような存在を、人々は「鬼」と呼んだ。

道長は晴明に、どこの「鬼」をどう討てばよいかを占わせたのだ。「鬼」はあちこちに隠れ棲んでいる。

道長は晴明に重ねて尋ねた。

「して、いかがいたす？」

「うってつけの者がおりまする」

晴明は自信ありげに告げた。

「源 頼光（みなもとのよりみつ）、並びに頼光（らいこう）四天王。鬼退治はお手の物でございます」


何日か経った夜。晴れた夜空に高く昇った望月があり、冴えた青白い光があたりを照らしていた。

丹波国と丹後国の境にある大江山の山中を、鍬形のついた星兜と大鎧で身を固めた源氏の大将源頼光と、その家臣で四天王と呼ばれる四人のうちの三人、坂田公時（さかたのきんとき）、碓井貞光（うすいのさだみつ）、卜部（うらべの）季武（すえたけ）が、胴巻姿の郎党たちを三十人ほど引き連れて、足早に登っていた。

夏だというのに頼光はなぜか背筋に寒気を覚えた。ふと、足を止めて月を仰ぎ見る。卜部が訊いた。

「頼光様、いかがなさいました？」

「……どうにも嫌な予感がしてな」

言い終わらぬうちに、望月の面が黒い靄（もや）に包まれ、光が消える。あたりが真っ暗に陰った、その刹那。

上空の黒い靄から真っ赤な稲妻が放たれ、轟音とともに前方四半町(しはんちょう)ほどのところへ落ちた。

岩が砕けて飛び散り、頼光たちは思わず顔をかばった。

ざあっと熱風が走り、追って木々の幹からくすぶったような匂いが立ちこめてくる。

頼光が目を開けると、落雷があった付近の地面が赤く光を発し、その明かりに照らされて浮かび上がる影があった。二十、いや、三十……。

身にまとわりついた黒い靄を振り払って現れた姿は……破れた烏帽子と壊れかけた鎧を巨躯にまとい、ざんばら髪で、口はぱっくりと開いて牙がのぞき、真っ赤な目がぎらぎらと……やつらは、手に手に抜き身の太刀を持っている。

坂田と碓井が同時に叫んだ。

「何だ、こいつら!?」

「まさか大江山の鬼ども!?」

卜部が諌める。

「馬鹿なことを言うな！　鬼など、本当にいるはずが！」

彼らが命じられたのは、京の人々の怯えを解消し、たまった鬱憤を晴らすため、選ばれた犠牲者を血祭りに上げることだったのだ。

「鬼」と呼ばれている、山中に暮らす者たちを。

不作続きの荘園から、領主の貴族たちは強引に米や作物を奪っていった。耕作している農民たちの口に入るものはほとんど残らなかった。

さらに、よその土地から持ち込まれた疫病が農民たちの体を蝕み、命を奪う。たまりかね、逃亡して山中に逃げ込む者たちが後を絶たなかった。

農民に逃げられては、貴族は収入がなくなってしまう。逃げたらどうなるかを、農民たちに分からせなければならない。

もとより山中に暮らす、水田耕作とは異なる生業で糧を得て生きる者たちもいた。彼らは農業生産を軸とした政治の管理外にあり、中央政治に携わる立場からは「まつろわぬもの」と見なされていた。

必死に自分たちだけで生き抜こうとしていたのだ。

そんな山中に逃げた者たちや、領主のための耕作をせず山中に生活の糧を求めて生きている者たちの中から、占いで選ばれた「農民たちへの見せしめ」が、大江山に住む集団だったのだ。遥か遠い東国の民というわけでもないから、都の庶民にも身近な存在で、鬱憤晴らしとしてもうってつけだ。

驚き、とまどっている頼光一行に、赤い目をぎらぎらさせた異形のものたちが太刀を振りかざして襲いかかってくる。

郎党たちも腰の太刀を抜いたが、膂力の差は圧倒的で、わずかな間に五人、六人、七人と一刀のもとに斬り殺され、折り重なって地面に倒れた。

頼光も敵と斬り結び、その速さと強さにおののいた。

「なんと……大江山には、まことに鬼が棲まうというのかっ」

まつろわぬ人間ではなく、真の物の怪、異形の鬼が。

三合も刃をぶつけないうちにたちまち圧し込まれ、頼光はよろめいた。そこへ、真っ向から敵の刃が振り下ろされる。

ああっ、と全身が粟立ったとき……いきなり頼光の目の前で桜吹雪が舞い乱れた。

ほの明るく薄紅に視界が染まり、あまりの美しさに、死に際して見る幻覚か、と思った瞬間、刃を受け止める金属音が響いた。

桜吹雪が淡雪よりも素早く消え、頼光の顔の寸前で、敵の一撃を別の刃が止めていた。

「全く、おまえたちはどれだけこの老体を働かせる気だ」

涼やかな声が頼光の耳もとでした。

敵の刃が勢いよく押し返され、黒ずくめの甲冑をまとった異形の敵が、弾き飛ばされて木の幹に背中を打ちつける。

月明かりが戻ってきた。

「少々、御前を騒がせますが、ご容赦を」

余裕たっぷりに言って、頼光をかばうように立ち塞がったのは、濃い青の衣を着た丈夫（ますらお）だった。背丈は六尺近い。

見事な造りの太刀を一振り、黒い韘（ゆがけ）のようなものをはめた手に握っている。太刀の白刃が月光にきらめいた。

「はいっ」と、気合いもろとも彼が太刀を一閃しただけで、二体の敵が倒れ……黒い塵となって霧散した。

坂田が驚愕する。

「人……いや、神か？」

「そんな大層なものじゃない」

と低くつぶやく声がどこからか聞こえ、坂田の背後に桜吹雪が激しく舞った。瞬きひとつの間で桜吹雪はあとかたもなく消え、そこには白い布を全身にまとう者がいた。

「俺たちは、ただの武器だ」

白い布の者は坂田の前に大きく跳び出し、低く構えて鯉口を切る。次の瞬間、敵がまた三体、黒い塵に変わった。

あっけに取られて動けない頼光たち全員をまたもや桜吹雪が包み、そこから新たな者たちが現れる。

銀の髪の小柄な者、空色の髪の者、黒髪でやはり小柄な者……。

彼らは見たこともない筒袖の衣と、脚の太さと変わらないくらい細い袴をはいている。

「出る！」

と、銀の髪の者が勇ましく突進し、目にも留まらぬ速さで敵の懐に跳び込むと、素早い突きで急所を的確に仕留め、倒してゆく。

空色の髪の者が腰から抜いた太刀を大きく構え、おだやかに言った。

「これ以上、頼光たちの邪魔をさせないためにも、各個撃破と洒落込みますか」

口調に似合わない鋭さで、その者は次から次へと敵を斬る。恐れず正面から立ち向かい、動きに一切の無駄がない。

一方、小柄な黒髪の者は敵の背後に回って蹴りを喰らわせたり、足を引っかけて転ばせたり、木の陰を巧みに利用したり、相手を翻弄しながら首を狙ってはかき斬っていた。

「鬼退治の邪魔をしちゃだめだよ」

と敵の耳もとでささやきながら。

頼光たちがぼうぜんと立っている背後からも、また声がする。

「頼もしき子らよ。この父も奮わねばな」

刃が空を斬る鋭い音が響き、はっとして頼光が振り向くと、黒い塵が霧散してゆく中に、黒い水干(すいかん)と赤い袴をまとう者が立っていた。

その者が手にしているのは、古(いにしえ)の太刀……鋒から物打ちが両刃で、半ばから区(まち)までが片刃になるという造りだ。

軽やかに宙を舞ったその者は、刃を敵の頭上から振り下ろす。

やはり、神か……と、よろよろと数歩下がった頼光に、濃い青の衣の者がふいに語りかけてきた。

「源頼光殿。この場は我らに任せ、務めを果たされますよう」

ささやきながら、頼光をかばうように敵をまた一体斬り伏せる。その剣筋のぶれのないこと、つい見惚れてしまう。

彼の言葉が頭の奥に届いたとたん、頼光は目が覚めた。急に視界がはっきりし、怖さも驚きもどこかに吹き飛んで、力がわいてくる。

頼光は三人の家臣と残った郎党たちに呼びかけた。

「ゆくぞ。鬼が城(じょう)に攻め込み、酒呑童子の首を取る！」

意気揚々と暗い山道を登ってゆく源頼光一行を見送りながら、銀の髪の者——刀剣男士・脇差 骨喰藤四郎は、背中合わせになった白い布の者——刀剣男士・打刀 山姥切国広に、物静かに訊いた。

「これで歴史通りに進むのか」

山姥切も静かに答える。

「ああ。酒呑童子の首が落とされればな」

襲いかかってくる敵の残党を、二振りは同時に斬り捨てる。

空色の髪の者——刀剣男士・太刀 一期一振と、小柄な黒髪の者——刀剣男士・脇差 堀川国広も、敵を軽くあしらいつつ、軽口をたたき合っていた。

「時代は平安、大江山の鬼退治。鬼を斬った刀はここにはいませんが」

「山姥は鬼みたいなものじゃないかな」

と言いながら、つかまえた敵の首を堀川がかき斬って、ね、兄弟、と山姥切に顔を向ける。

山姥切が無愛想に応えた。

「俺は写しだ。化け物退治は俺の仕事じゃない」

「戯れている場合ではないぞ、子らよ」

黒い水干の者――刀剣男士・太刀 小烏丸が注意する。

小烏丸の視線の先に、一体、逃げてゆく敵の姿があった。敵の大将とおぼしき、黒い甲冑に身を固め、赤い目が複数縦に並んでいた時間遡行軍の太刀だ。

「あっ、一体逃げたよ」

堀川の声に、

「逃がすか！」

とすかさず山姥切が追いかけてゆく。白い布が木々の間にひらめき、遠くなって闇に溶け込む。

「待て、山姥切。逸るな」

濃い青の衣の者――刀剣男士・太刀 三日月宗近が単独行動を止めたが、もう遅い。他の四振りにこの場を預けて、三日月は山姥切を追いかけた。


山中で、頼光は先行させていた四天王のひとり・家臣の渡辺綱（わたなべのつな）と合流した。渡辺と彼の郎党数名は山伏に変装している。

「首尾は？」

頼光の問いに、渡辺が一抱えもある酒壺を、豪快に差し出す。

「全て手はず通りに」

灰色の酒壺の中身は毒酒だった。

渡辺たちは山伏のふりをして、修行の旅の途中で日が暮れてしまった、と狙う民たちの住む小屋に宿を求め、お礼と称して、酒の肴とこの毒酒を振る舞ったのだ。

「よし。では、誅伐である」


敵の大将を追い、山姥切は小屋が立ち並ぶ尾根（おね）にたどりついた。

敵の大将は見失ってしまったのだが、尾根にちらほらと灯火（ともしび）があるのが見えて、ここにやってきたのだ。

だが……。

断末魔の叫びと激しく争う音に、山姥切は小屋の陰に身を隠し、一旦納刀してそっと様子をうかがった。争っているのは人間同士だ。

（これが……大江山の鬼退治か！）

あまりに惨（むご）い。

地面に転がった松明（たいまつ）の火が、血だまりに映って揺れている。

一

武装ともいえない、ぼろぼろの草摺(くさずり)や大袖など、鎧の一部だけを身につけた男たちが、一方的に頼光の郎党たちに斬られてゆく。

山中に暮らす民だ。

悲鳴が耳を裂く。

民も太刀を握ってはいるが、刃こぼれした太刀を振るう腕前の差は歴然としていて、頼光たちにはとても太刀打ちできない。

「命だけは……っ」

「助けてくれえ」

「助けてっ」

(……とても鬼には見えないな)

この小屋の民たちは略奪などしていなかったのだ。

自衛のために戦場で拾ったのだろうぼろぼろの武器も行き届かず、痩せ衰えた病人や老人は丸腰だ。

その全員が斬り殺される修羅場を、山姥切は渋面になりつつも、見ているしかなかった。

これが、歴史だから。

「くそくそっ、都のやつらめ!」

「見捨てるだけじゃなく、殺しに来やがった！」

疫病や悲惨な暮らしから逃れて隠れ住んでいる農民たちが、救われるどころか、見せしめに選ばれた……歴史が正しく流れていくのを確かめた山姥切はその場を離れ、敵の太刀を探しに小屋の裏へと回った。

最奥の大きな小屋の中が明るく、灯明皿に火が残っている様子なのに気づき、山姥切は裏口からのぞいてみた。

「これは……！」

民たちの中でも、特にたくましい男たちが五、六人、もがき苦しみ、息も絶え絶えになっていた。もう手を尽くしても助かりそうにない。

小屋の床には酒宴の真っ最中のように、底に液体の残った杯や、肴ののった土器がいくつも並んでいる。

ここの壁際には、それなりに武具がそろっていた。どうやら、もっとも手強い相手を先に毒で倒し、それから残りの民たちを斬っているようだ。

奥の柱に、赤髪の男がもたれかかっていた。

切れ長の目をした男で、苦痛に表情をひどく歪ませているが、まだ若く見える。彼だけは辛うじて息があるようだ。

他の民に比べ着物も小綺麗で、おそらくこの男が民たちの長だろう、と山姥切は見当をつけた。

山姥切が男を見守っていると、男は目を開けた。視線が交わる。男は山姥切をにらみつけ、かすれた声で何かを質した。

聞き取れなかったので山姥切は小屋の中に入り、男に近づいて膝をつくと正面から向き合った。

男が再度、質す。

「……おまえが、あの奇妙なやつらの言っていた『刀剣男士』とやらか」

とっさのことで山姥切が答えられずにいたら、男は言葉を続けた。

「明日の明日、そのずっと先の明日からやってきたとは……気の遠くなる話だ」

「おまえは……」

「鬼だよ、鬼。都のやつらがそう呼んでるだろう？」

「……酒呑童子か」

男は身もだえし、苦しそうに大きく息を吸いながら、声を絞り出す。

「勝手な話だ……俺たちはただ、必死に今日を生きていただけなのに……」

激しく咳き込み、血を吐く。それでも恨み言はやめない。

「なのに都の連中、坊主のふりして、毒まで盛りやがった……！」

「……それが歴史だ」

男はかっと目を見開き、山姥切に詰め寄った。

「『それが歴史だ』……!?」

と呻きながら言う男の目があまりにも真摯で、山姥切は彼を突き放すことがどうしてもできなかった。

「都のやつらが、歴史がそう望むなら……真（まこと）の鬼になってやる！　俺たちが生きられない明日なんて、壊れてしまえ！」

叫んだ男は隙を突き、山姥切の腰から刀を抜いて奪った。

山姥切が取り返そうと柄をつかんだときにはもう、男は刃を自分の首の左側に食い込ませていた。

「なっ、何……!?」

男の力はすさまじいほど強く、山姥切は男から刀を奪い取れない。

首から噴き出し、刃を伝った赤い血が鍔（つば）に開けられた小柄櫃（こづかびつ）の穴を通り抜けて、山姥切の指をぬらし、青い柄糸に染みて黒く染める。

男は絶叫した。

「呪われろ！　人々が我らを忘れても、我らの恨みは決して消えぬ！　明日の明日、千年先の明日まで――日の本に永遠（とわ）の災いあれ‼」

男の絶叫を耳にして、三日月は小屋に飛び込んだ。

呪詛を叫ぶ男の額から二本の角が生えてくる。まなじりがつり上がり、眼球は血走り、口角も裂け、歯が牙に変わってゆく。肌も赤黒く変わり、血管が黒く浮き上がった。

（酒呑童子か……！）

男の手から山姥切が自分の刀をもぎとり、大きく後ろへ退いたところだ。刃も柄を握る手も、血に染まっている。

山姥切が酒呑童子を斬ったのか、と三日月が見つめると……刃をぬらす赤い血を目に留めた山姥切が、三日月を振り返った。そのとたん酒呑童子の二本の角がまばゆく光る。

光が山姥切を包むと同時に、流れ出た血から噴き出した桜吹雪が山姥切を覆い始めた。

山姥切は桜の花びらから逃れようともがく。けれど、縫い留められたように足が動かない。

「三日月……！」

山姥切が連れ去られるのを察した三日月は駆け寄って山姥切に手を伸ばし、つかまえようとした。

けれど間に合わず……三日月の手の中に残ったのは数枚の花びらだけだった。それらも、空気に溶けるようにしてあとかたなく消えた。

光と桜吹雪が消えたあとには、酒呑童子が床にうつ伏せに倒れていた。

そこへ頼光たちが、反対側の戸口から踏み入ってきた。

三日月には気づかず、胴間声を上げて酒呑童子に踊りかかると、頼光が太刀で首を落とす。

歴史として伝わる通りに。

平成二十四（西暦二〇一二）年、秋。東京都内。

陽が沈みかけたころ、隅田川沿いの遊歩道を、学校帰りの高校二年生・鈴木琴音（ことね）は仲よしの友人三人とおしゃべりをしながら歩いていた。

女子高校生四人連れともなると、とにかくかしましい。四人は同じクラス。音楽好きでガールズバンドを組んでいて、来月の学校祭でステージに立つ予定だ。

琴音は練習のため、エレキギターをソフトケースに入れて持ち歩いていた。首には愛用の白いヘッドフォンをかけている。

おそろいのヘッドフォンをしている彩（あや）が訊く。

「ねえ、学祭のライブ、何やるか決めた？」

「全然。浮かんでない」

と琴音が答えたら、桃子と菜摘が、えーっ、と大声を出す。

「全然ー？」

「だいじょぶ？」

三人はあれこれと好き勝手な楽曲のタイトルを上げるが、琴音がなかなか首を縦に振らないので、苦笑気味だ。

「あっ、私たちこっちだから。じゃ、琴音、楽曲ちゃんと考えといて」

彩がそう言うと、桃子と菜摘もうなずく。

「任せた！」

「またねー」

「バイバーイ」

手を振る三人に、琴音も手を振り返す。

「うん、また……」

金色の空を映して暮れなずむ川面を、遊覧船や水上バスが行き交う。蹴立てる波が岸に届くのと同じく、船のほうから発せられるノイズが耳鳴りのように聞こえてきて、琴音はヘッドフォンで耳を塞いだ。好きな音楽を聴く。

やがてあたりが黄昏れてきた。

ふと琴音はヘッドフォンを外した。

とたんに、またノイズが耳に飛び込んでくる。

人ならざるものの声。

何かわめいたり、叫んだり、ぶつくさ言ったり、高笑いしたり、嘆いたりしているようにも聞こえるが、言葉の意味までは聞き取れない。

とにかくうるさくて、耳障りで、邪魔で、嫌で仕方がない。

物心ついたときから、ずっとこうだった。

今日のノイズは一段とやかましく、頭が痛い。それが「声」ではなく、金属音だと気づいた。

金属を鋭くぶつけ合う、きぃん、と響く高い音。

ノイズではなく実際の音なのかを確かめるため、琴音は金属音のするほうへ近寄る。そこで琴音は信じられないものを見た。

(えっ…何⁉)

公園で、破れた笠を被った灰色の何かが数体、刀を構えている。

それらと斬り結んでいる、男がひとり……濃い青の平安貴族のような服装だ。

彼は劣勢だった。次から次へと斬りつけてくる敵を防ぐのが精一杯だ。

「きゃあっ」

腰を抜かした琴音は、後ずさりもうまくできずその場で尻もちをついた。肩にかけていたギターケースが滑り落ち、公園の石畳に当たって、がちゃっと音を立てる。

音で灰色の何かが二体、琴音の存在に気がついた。こちらを見据え、両目が赤く光ると、刀を振りかざして飛びかかってくる。

悲鳴も上げられず、琴音は恐怖で固まった。

その瞬間、抜き身の刀が一振り、宙を飛んできて二体の刀を弾き、大きく後ろへよろめかせる。

「刀……浮いてる？」

琴音を守った刀は、目の前でそのまま宙に浮いている。声がした。

「……俺の……は……みかづ……」

「この声……」

と琴音が思わずつぶやくと、声が返ってきた。

「ほう、俺の声が聞こえるのか」

涼しげな声がはっきりと聞こえた。ぼんやりと全身の姿も見えてきた。平安貴族のような服装の男だ。

まなざしが交わったら彼が微笑んだので、琴音もついうなずいた。

「それはよい力を持っているのだな。ははは……いや、笑っている場合ではないか」

ずいぶん古風で鷹揚なしゃべり方だ。

鋒を敵に向けて牽制すると、男は琴音を振り返り、片膝を石畳について言った。

「すまんがひとつ、頼まれてはくれないか」

「えっ……？」

「呼べ」

敵がじりじりと間合いを詰めてくる。

「俺の名を。……俺の名は……」

彼に言われるまま、琴音はその名前を声に出して呼んだ。

「――三日月宗近」

とたんにどこからともなく桜吹雪が沸き起こり、琴音の目の前で激しく乱れ舞った。

花びらの渦の中から三日月宗近と名乗った男が、はっきりとした実体を伴って飛び出し、敵に立ち向かう。

「少しは往時に戻ったか」

優雅に彼は刀を構える。

「では、やるか」
五、六体の敵がいっせいにかかってきた。
舞うように動き、衣の袖を宙に躍らせ、街灯の明かりを刃の鋒できらめかせて、三日月はいともたやすく敵を斬り捨てる。

敵は全て、抵抗もできないままたちまちのうちに倒れ、三日月が刀を鞘に納めると同時に砕けて黒い塵に変わり、風に流されて消えた。

その光景を、琴音は石畳にへたりこんだまま、ただ眺めているしかできなかった。

三日月が琴音を見た。

しかしまた、その姿が透け始め、足もとからぼやけてゆく。

「おっと、いかんな。すまんが今しばらく頼まれてくれ」

「え？」

「後のことはよろしく頼む」

一方的に告げるが早いか、三日月の姿が消えた。

立ち上がった琴音の前には、街灯に照らされた抜き身の刀が一振り、公園の石畳の上に転がっているだけだ。鍔の形や柄糸の色からすると、三日月が持っていた刀に間違いない。

「……何、これ……」

三日月と名乗ったあの平安貴族風の男は、この刀になってしまったのだろうか……。

わけがわからず、琴音は途方にくれた。

二

翌日。私服姿の琴音はＪＲ上野駅に降り立った。

目的地は上野恩賜公園の中にある博物館。

背には昨日の刀が入ったギターケースをかついでいる。学校をサボってきたのだ。


今朝、琴音は三日月の声で起こされた。

刀の姿の三日月は、どうしても行きたい場所があるから、今すぐ連れていってほしいと言う。それが「上野の博物館」だった。


入場券を門の脇にある券売所で買い、博物館の建物へ向かう。博物館の正面で、風格ある立派な建物を見上げたら、ギターケースの中から三日月の声がした。

「おお、ここだ、ここ。確かに気配を感じるぞ」

琴音はため息をついた。

建物の入り口には大きなポスターが掲示されている。「国宝展」の大きな文字が目立つ。

三日月の入ったギターケースをかついだまま展示室へ入ろうとして、琴音は警備員の男性に呼び止められた。

「すみません、大きいお荷物は預けていただかないと」

警備員が案内所を視線で示す。

「あ、えっと、これは……」

琴音が困っていると、ふいに警備員がぼんやりした表情になった。視線を宙に彷徨(さまよ)わせたまま、立ち去ってゆく。

琴音は背中の三日月に小声で尋ねた。

「何かしたの？」

「少し気を逸らしただけよ。さて、俺たちを気にする者はいない。行くぞ」

ともかく、展示室に入る。

琴音にとって、ここはつらい場所だった。

古い壺、屏風、掛け軸、能装束……展示品の一点一点が、何かしらのノイズを発しているのだ。あまりにやかましくて、めまいがしてくる。こういう場所ではヘッドフォンをしてもノイズが強すぎてダメなのだ。

子どものころから、博物館や美術館は特に行きたくない場所だった。

古い物ほど、ノイズが大きい。新品の品物が並んでいるお店なら、ここまで悩まされないのに。

「学校サボって、何やってんだろ……」

めまいと頭痛をこらえながら、琴音が思わずつぶやくと、三日月が応えた。

「すまんな。見ての通り、このなりでは手も足も出ぬゆえ、ここまで運んでもらうしかなかったのだ」

　気分が悪くなった琴音は、展示室の隅で足を止めて、大きくため息をついた。展示ケースから顔を背ける。

「どうした？」

　と三日月が気遣った。

「……苦手なんだ。古い物がたくさんあるとこ」

「やはりおまえ、聞こえるのだな。物言わぬ物たちの声が」

　声というか、あらゆる感情をぶつけられているような……耳に突き刺さるノイズ。

「何言ってるかわからないから、ノイズにしか感じない。だから、うるさくて嫌になる」

「ここにある物たちは、幾星霜（いくせいそう）人々の念（おも）いが紡がれ、念いとともにあり、護られてきた。その声を聞けるとは、すばらしい才能ではないか」

「それでも、ちゃんと聞き取れないから、ウザいだけだよ」

　物の言葉がはっきりとわかったのは、三日月が初めてだった。だから頼みを聞く気になったのかもしれない。

「しかし、俺たちのような物の声を聞く――まるで審神者のようだ」

「さにわ？」

「俺の主だ。俺が守るべきものでもある」

「……私みたいな人が他にもいるんだ」

展示室を進むと、甲冑や武将の肖像画、武将の手紙を表装した掛け軸などにまじって展示ケースに一振り、刀が展示されていた。

刀身だけが白い布をかけた刀掛けにのせられている。柄や鍔や鞘はつけられていない。

「お、着いたぞ」

三日月がうれしそうに言ったので、琴音はその太刀の前で立ち止まった。

「……この時代の俺だ」

確かに、今ギターケースに入っている三日月とそっくりだ。

長さ、形、刃の模様――刃文というらしい――。通常は柄にはめてあって見えない部分には、「三条」と読める文字が彫られている。

平安時代に作られたそうだ。

ライトで照らされた刃文はおぼろげで、三日月の形の白い模様がいくつか横に並んでいる。

説明文によると、この模様は「打ち除け」といって、刀を作るときにできたもので、三日月の名前の由来であり、特徴だそうだ。

「……きれい」

思わずぽつりとつぶやくと、三日月が笑った。

「ははは、照れるな」

「あなたには言ってない」

「同じ刀なのだがな。まあ、このように飾られれば、見栄えもするというもの。馬子にも衣装というやつだな」

三日月が張り切った声を出した。

「さて、やるか！」

琴音の背中でギターケースのファスナーが開く音がした。えっ、と振り向こうとしたら、目の前の展示されている太刀がまばゆく光った。

（ええっ⁉）

光が収まると、そこには、昨夜の平安貴族風の服を着た男が立っていた。拳を握ってみたり、実体があることを確認している様子だ。

「うむ……これでよし」

あっけに取られて口をぱくぱくさせる琴音にかまわず、男——刀剣男士・太刀 三日月宗近はいきなり鯉口を切った。目にも留まらぬ速さで抜刀し、展示ケース前の床にいた何かを斬る。

「ちょっと!?」

焦った琴音は三日月に走り寄った。三日月は涼しい顔だ。

「ネズミだ」

見ると、それはネズミではなく、赤い小さなものだった。

手のひらにのるくらいの……マスコット……だろうか。頭のてっぺんに角のようにとがった部分がひとつ、ついている。

斬られ、真っ二つになったマスコットみたいなものは、すうっと蒸発するように消えてしまった。

(え、え、何、今の!?)

そして、この三日月の行動に気づいている者は誰もいなかった。スタッフでさえ。

ゆっくりと納刀すると、三日月は何事もなかったかのように美しい微笑みを浮かべて、琴音に挨拶した。

「では改めて。三日月宗近だ。打ち除けが多い故、三日月と呼ばれる。よろしく頼む」

琴音は戸惑うばかりだ。

「自由すぎない?」

三日月は楽しそうに声を上げて笑った。

そのとき、上野恩賜公園の木々の間に置かれたベンチで、腰かけていたひとりの少年が唇をかんだ。黒いパーカ姿の彼の年ごろは、琴音とほぼ同じだ。

「……気づかれたか」

首から下げた角の首飾りを、少年は強く握りしめた。

名を大枝伊吹という。

西暦二二〇五年、とある本丸。

長徳元年の大江山への出陣から、四振りの刀剣男士が戻ってきた。報告のため、審神者のいる部屋へ向かって廊下を歩いている。

一期一振が心配そうに言った。

「私たちだけ帰還してよかったのだろうか？」

小烏丸がなだめる。

「あの状況ではやむを得まい」

骨喰藤四郎も気にしている。

「……三日月、山姥切……」

彼らの行き先はわからない。

四振りが本丸に着いても、三日月と山姥切が戻った気配はなかった。

小烏丸が三振りに告げた。

「あれこれ心配しても始まらぬ。ふたりを信じて待つとしよう」

「そうですな」

と、一期一振が自分に言い聞かせるようにつぶやいた。

骨喰はふと、違和感を覚えた。だが特に変わったところはない。

骨喰に堀川国広が元気づけるように言う。

「三日月さんのことだから、今ごろお茶を飲んでるかもしれないけど」

狛狐の像にノイズが走った。


上野恩賜公園内にあるカフェテラスで、琴音は三日月とテーブルについていた。

ホイップクリームがたっぷりのった抹茶ラテマキアートのグラスを、三日月は実にうれしそうにためつすがめつしている。香りを楽しんでから上からのぞいたり、右から見たり、左から見たり、持ち上げてみたり……。

二

「おお……これが、抹茶らてまきあーと。心が和む」

博物館から出てきて上野駅へ向かおうとしたとたん、三日月は茶を一服所望したいと言い出したのだ。マイペースな三日月に根負けして、琴音は抹茶ラテマキアートをおごるはめになった。

周囲のテーブルの客が、みんな三日月をちらちらと見ては、ざわついている。平安貴族みたいな服がとにかく目立つのだ。

どうやらここでは、「注目されない」不思議な力を使う気はないらしい。

そのうちスマートフォンのカメラを向ける人が現れた。

困ってしまった琴音は三日月に言った。

「目立ってるって！　ねぇ、さっきのやつ、やってよ」

それよりも早く、若い女性のふたり連れがそばにやってきた。

「すみませーん、写真、いいですか？」

琴音が止める間もなく、三日月が笑顔でうなずいた。

「よきかな、よきかな」

「すごい衣装ですね！」

「あぁ、はっはっは。いいぞ、いいぞ、触ってよし、愛でてよし」

ふたり連れは三日月の衣の袖に触ったり、一緒に自撮りを始める。

ふたりを真似て、ほう、これが作法か？　と三日月までピースをするので、琴音は頭を抱えて盛大にため息をついた。

本当にこの刀、自由すぎる。

それを見て他の客もやってきた。さんざん交流を楽しみ、抹茶ラテマキアートを堪能してから、三日月が言った。

「いろいろと世話になったな」

「もういいよね」

いらいらしていた琴音が席を立とうとしたら、三日月が手を伸べた。

「しかし」

何、と腰を浮かせたまま琴音がにらむと、三日月がのんびり告げた。

「世話になってばかりでは申し訳ないからな。そうだ、今度は俺がつきあおう」

「えっ、何？」

「と、その前に折り入ってひとつ頼みがある」

「まだ何かあるの？」

座り直す琴音に、三日月が空になったグラスを掲げた。

「すまんが、この抹茶らてまきあーと……をもう一服もらえないか」

「はあ!?」

三日月はまったく悪びれた様子もなく、言ってのけた。

「ははは、いいではないか。普段はなかなか来られない時代なのだ」

空のグラスを手に三日月は立ち上がると、すたすたとカウンターへ向かう。

「すまんが、この抹茶らてまきあーとをもう一服もらいたい」

この抹茶らて――と繰り返す三日月にあきれながら、琴音はあわてて追いかけた。

「ちょっと、待って」


そのとき、カフェテラスから死角になるベンチに座った伊吹はあるものに話しかけていた。

「刀剣男士が現れた。連中の言ってた通りだな」

相手が数歩、伊吹に近寄り、向き合う。

白い布を頭からすっぽりと被り、腰には刀を差している。

伊吹は相手に尋ねた。聞き取れたその刀剣男士の名を。

「三日月宗近。おまえの仲間か?」

「……さあな」

低い声で無関心に答えた相手……山姥切国広だった。無表情で、瞳の色がくすんでいる。いつもの青緑色ではなく、灰色だ。

「……俺の主はおまえだ。おまえに従うさ」

山姥切の言葉に伊吹はうなずき、右手に握り込んだ物を見た。

ピンクのゴムボール。かすかに油性ペンで目と口を描いた跡が残っている。シンプルな目と口で描かれた、笑顔のように見える。


さらに翌朝。

登校する琴音になぜか三日月がつきそってきた。隅田川沿いの遊歩道を堂々と歩いている。そろそろ友人たちに出会うころだ。琴音は後ろを振り返り、足を止めて三日月に文句を言った。

「あのさぁ。学校行くんだけど」

「うむ、感心感心。勉学は大事だ。しっかり励め」

三日月は微笑むばかりだ。

「何でついてくるの？」

「言っただろう？　今度は俺がつきあう番だと。それに、今の俺の主は、おまえだからな」

話がかみ合わない三日月に、琴音は何度目かわからなくなったため息をつく。

「何それ、なった憶えがないんだけど」

「俺たちは物だ。眠っていた心を審神者に呼び起こされることで、初めてこの姿を得る。しかし、今は少々特殊な状況でな、何かしらの影響なのか、仮の主が必要なのだ」

「そんなの別に、私じゃなくても」

「誰でも仮の主になれるわけではないのでな」

琴音がさらに言い返そうとしたとき、背後から声がした。

「おはよーっ、琴音！」

振り返ると、桃子が遊歩道へ下りてきた。

琴音は大あわてで、全身を使って三日月を隠した。とはいえ、長身の三日月を隠しきれるものでもない。

「お、おはよう、桃。……三日月、隠れて！」

「案ずるな」

桃子が一瞬くらっとよろめいたかと思ったら、すぐに元通り元気になった。

「行こっ」

と誘う桃子だが、琴音の横でにこにこしている三日月には一切目もくれない。まったく気づいていないようだ。

「今日ね、お弁当、オムライスにしたの」

「う……うん」

今度は、あの「注目されない」力を使ってくれたらしい。

ほっとして、琴音は桃子と歩き出した。三日月も後をついてくる。

そのまま学校に着いて校門をくぐり、ほどなく教室に入った。

三日月は参観日の母親よろしく、教室の後ろに立って笑顔で見守っている。三日月を見ないよう、自然に振る舞うように気をつけながら、琴音は自分の席に座った。

「おはよう、琴音」と、隣の席の菜摘が話しかけてくる。

「おはよう」

「昨日どうしたん？　風邪？」

「まぁ、そんなとこかな」

学校を休んだ理由を説明できない。つい目を逸らすと、斜め前の席の彩が元気のないように見えた。

琴音は彩に訊いた。

「元気ない？　どうしたの？」

二

「……うん……」

生返事だ。琴音を菜摘がつつき、耳打ちした。

「沢城先輩と別れたんだって」

ふたりは幸せそうにつきあっていたはずだったのに。

「……そうなんだ」

彩の隣の席の桃子が、あっけらかんと言う。

「そういうときは、パーッと気分変えて、忘れちゃうのがいちばん」

「でも～」と、彩は右手首にはめたバングルを大切そうになでた。シンプルなデザインの細いシルバーバングルだ。

「またー、そうやって」

未練がましい、と指摘する桃子に、彩は、

「だって、初めて先輩からもらったプレゼントだから……」

と、触るのをやめない。

そのとき、琴音の耳にバングルからノイズが聞こえてきた。悲しみと嘆きと恨みと未練と、とにかくマイナス感情がびんびん伝わってくる嫌なノイズだ。

（……うっ）

琴音は奥歯をかんで耐え、そっと背後の三日月をうかがった。視線を送っても、あいかわらずにこにこしているだけだ。

助けてくれる技は持っていないらしい……とがっかりしたら、ふっと、ノイズが消えた。

（あれ？）

琴音がノイズから逃げるしか、この嫌な感じをなくす方法はなかったのだが……。

首を傾げたとき、チャイムが鳴って担任教師が前のドアから教室に入ってきた。

「はーい、席着いてー。ホームルームを始めるぞー」

三日月には、琴音の斜め前の席にいる友人の腕輪から、念いが溢れ、それが小鬼の姿に変化するのが見えていた。

薄桃色をした小鬼だ。

小鬼は、自分が行くべき場所がわかっているかのように、開いていた教室の後ろのドアから外へ飛び出す。空中を滑るように進んでゆくのだ。

三日月は小鬼を追いかけ、廊下へ出た。小鬼は階段へ向かう。

「さて、御主人様のところへ案内してもらおう」

小鬼は上階を目指して、ふわふわ宙を滑ってゆく。

二

階段の最上階は小さな踊り場で、壁に窓と扉がひとつずつあった。閉まっている扉を避け、十センチほど開いていた窓から、小鬼は外へ逃げていった。

三日月も扉から外に出ると、そこは屋上だった――と、背後から不意打ちを喰らう。抜刀して、斬撃を肩の上で弾き返すと三日月は体を返した。すかさず横薙ぎで相手――黒くて大柄な敵を斬りつけるが、難なくかわされる。

そのまま数合刃を打ち合わせ、三日月は相手が誰かを思い出した。

「おまえは……」

黒い甲冑に身を包み、兜には尾羽の前立が二本。赤く光る目が複数縦に並んでいて、太刀を使う……大江山にいた時間遡行軍だ。

あのとき、山姥切が追いかけていったやつだった。

消えた山姥切の痕跡を追って、三日月がたどりついた時代が、この「出陣が難しい」とされる平成の世の、東京だった。

山姥切の転移先は、やはりここで合っているようだ。

三日月と黒い甲冑の太刀は、互いに飛び退いて、間合いをはかり直す。

「どうやってこの時代に？　いや、それよりも――」

敵をにらみつける。

「山姥切をどうした？」

敵はかすれた声で言い捨てた。

「知ってどうする？　おまえにできることなど、何もない」

黒い甲冑の時間遡行軍は他とは異なり会話ができるようだ。

「それでも給料分の仕事はしなくてはならないのでな」

空中へと大きく舞い、建物から遠く離れようとする相手に、三日月も宙へ跳んで斬りかかろうとしたが、急に力が抜け、太刀筋がぶれる。

そこを敵に返す刀で飛ばされた。黒い甲冑の太刀は勝ち誇ったように言う。

「我々はついにこの時代にたどりついた!!　貴様らの負けだ！」

宙を舞って、黒い甲冑の太刀は校舎と校庭の間にある並木の向こうへと消える。

「待て！」

三日月は追おうとしたが、力が入らない。

「やはり、あの娘から遠く離れることはできぬか……」

諦めて三日月は納刀した。

二

黒い甲冑の太刀は校舎正門前で、大枝伊吹と合流した。黒い甲冑の太刀はある目的のため、伊吹と行動している。

伊吹は薄桃色の小鬼を手につかんでいた。胸で角の首飾りが揺れる。

放課後になった。

菜摘が席でぼんやり座っている彩に声をかけた。

「ねえ……本当に大丈夫？」

「……え……何が……？」

虚ろな表情で、彩が菜摘を振り返る。

「だから、沢城先輩のこと」

「……沢城先輩って？」

抑揚のない声で彩が聞き返した。琴音もぎょっとしたが、何より前の席の桃子がまず大声を上げた。

「琴音ーっ、彩がおかしくなったーっ」

驚いている三人に、彩が無表情のままで答える。

「そう……？　疲れてるのかな……」

三人は顔を見合わせた。

琴音は彩のバングルからノイズが聞こえてこないことを訝(いぶか)しんだ。


いつものように隅田川沿いの遊歩道で三人と別れ、琴音は三日月とともに自宅へ向かった。

「……どうした？」

「ちょっと気になって……」

「もしかするかもしれんな」と、三日月が足を止め、考えるそぶりをした。

「どういうこと？」

何か知っているのか、詳しく聞こうとしたとき、琴音のスマートフォンが鳴った。桃子からの着信だ。

「もしもし？」

『大変、彩がっ』

通話の向こうで桃子がパニックになっている。

「えっ、彩が？」

二

東京都内、千代田区永田町にある内閣府庁舎。

そこには内閣官房国家安全保障局が設置されている。

さらにその地下施設。存在は国家の最重要機密事項だ。

執務室に、七人の官僚が集まっていた。そのうちの六人が、テーブルを囲んで椅子に座り、額を突き合わせてこそこそと話し込んでいる。

「まさか、本当の話とはな」

「いまだに信じられないですよ。あの各務が、『仮の主』？　でしたっけ？」

六人はいっせいに、部屋の反対側で応接ソファに座って、つまらなそうにお茶を淹れている中年の官僚を見やる。

その官僚の名前は各務一。さっぱり仕事ができない男として、局内でも有名だった。

「ああ、このためだけに入局しているらしいからな」

「毎日窓際で日向ぼっこしてるだけの、血税泥棒かと思ってましたよ」

そのときドアが開いて、刀剣男士が一振り、室内に入ってきた。

表が薄いグレーで裏が鮮やかな青のマントを身につけている。腰には黒い拵えの打刀。

「ほら、お出ましだ」

　とささやいて官僚たちは立ち上がり、刀剣男士に一礼した。彼は刀剣男士・打刀　山姥切長義だ。

　とてつもなく緊張した様子で、各務が山姥切長義にぎこちなく挨拶する。

「このたびは、大役を仰せつかりました――」

　各務をさえぎり、山姥切長義は官僚たちを見回すと、事務的に、だが有無を言わせぬ厳しい声で告げた。

「ゆゆしき事態だ。特命任務の協力を要請する」

　各務以外の官僚たちは何も質問せず、ただ深く頭を下げて要請を受諾する。各務だけが上目遣いで長義をうかがっている。

「この特命任務は、この時代に出現した時間遡行軍の殲滅。並びにこの事態への関与が疑われる山姥切国広の確保。状況次第では破壊もあり得る。先行している三日月宗近も捕捉対象とする。要請に応じ、各本丸より戦力が投入される。協力して任務の遂行に当たる。以上」

　長義は小さくため息をつき、独り言のようにつぶやいた。

「よりにもよって、偽物君の尻拭いとは……因果なものだ」

三

同日、京都市の北野天満宮。

神職以外は入ることのできない場所で、神職の倉橋定崇(くらはしさだたか)は祭壇を見つめていた。

ふいに桜吹雪が宙から噴き出す。

それは激しく渦を巻き、渦がほどけると中から、白い洋装の男が現れる。

「お待ちしておりました」

恭しく拝礼して、倉橋が面(おもて)を上げると、もう一振り、黒い洋装の男も立っていた。

白い洋装の男が名乗る。やわらかな印象だ。

「源氏の重宝、髭切さ。君がこの時代の主でいいのかい？　よろしく頼むよ」

「おや、おふたりですか？」

すると、黒い洋装の男が答えた。

「ああ、俺たちは兄弟、兄者が出陣するならば、当然俺もついていくぞ！」

「弟の……う～んと、何だったかな。ともかく弟もよろしく頼むよ」

「兄者、膝丸だっ」

「あ、そうそう。そんなだったね」

「これはユニークな付喪神様ですな」

二振りのやりとりを好ましく感じて倉橋が思わずそうもらすと、刀剣男士・太刀 髭切が軽い口調で応じた。

「任せておいて。相手は鬼だって聞いているよ」

刀剣男士・太刀 膝丸が意気込む。

「俺も兄者も、あやかし斬りの刀だ。鬼の相手は慣れているぞ」

髭切が弟を見て微笑んだ。

三

さらに同日、福岡市の博多バスターミナル。

派手な花柄のスーツケースを引っ張った若い女性が東京・新宿行きの高速バスを目指し、急ぎ足で歩いていた。

「東京だよ、東京。めっちゃ楽しみ！　マルキューはマストとして、表参道とかも行くしかないっしょ！」

遅れている同行者を振り返り、手を振って呼ぶ。彼女の名前は実弦(みつる)という。

「早くーっ、バスに乗り遅れるよぉ」

福岡名物のかしわめし弁当ふたつをレジ袋に入れて右手に提げ、左手に刀を持った男がついてくる。

この男の名前は、刀剣男士・打刀 へし切長谷部というらしい。

へし切長谷部は不機嫌そうに、ぶつぶつ言っている。

「なぜ俺が主のもとを離れ、こんな小娘の子守をしなければならない」

「へっしー！　早く早くぅ〜っ」

「長谷部と呼べ！」

「へっしー！」

「長谷部!!」


琴音は彩が入院している病院へお見舞いにやってきた。三日月も一緒だ。

ウォーターフロントにある、大きな救急病院だ。

受付で病室の番号を教えてもらい、琴音は彩のベッドの横に行ったのだが……彼女を見てショックを受けた。

彩は目を開けたまま視線をぼんやりと宙に漂わせてまばたきもせず、口も半開きで、何を話しかけても体に触れても全く反応しない。

「彩……いったいどうしちゃったの？」

聞いた話では、体に悪いところは何もなく、ただ意識だけがないのだという。原因は不明だった。

「記憶を……いや、念いを奪われているのか」

「……念い？」

「念いの力とは強いものだ。折り重なれば、俺たち物にも人としての姿を与えるほどにな」

琴音は三日月を問い詰めた。

「あなたは何か知ってるの？　何で彩がこんな目に遭うの？」

三日月が答えようとしないので、琴音は質問を変えた。

「……あなたは何をしにここへ来たの？」

三日月は琴音を見つめて言った。

「この時代は危機的状況にある。俺は歴史を変えようとする時間遡行軍から、この時代を守るために」

時間遡行軍？　とかいうのは、三日月が戦っていた灰色の何かだろう。

「……この時代を守る？」

「それが俺たちの使命。そして消えた仲間を捜すために、この時代へ来た」

「使命……仲間……」

説明が短すぎてよくわからないが、三日月が仲間と言ったとき、わずかにうなずいたのを、琴音は見逃さなかった。

「おまえたちは繋がっているのだな」

三日月が話の矛先を変える。彼が指さす先には枕頭台にのせられた、彩の愛用する白いヘッドフォンがあった。琴音とおそろいだ。

「……そうかな？」

琴音は自分の首にかけた白いヘッドフォンをなでた。

「ノイズが聞こえるって話したとき、彩は笑わずに聞いてくれて、だったらこれしてなよって、くれたんだ。ノイズにいろんな音を重ねちゃえば、それは私の音楽になるって」

「よき友なのだな」

「うん。……三日月も早く見つかるといいね」

ん？　と三日月が琴音の言葉の意味を、まなざしで問う。

「仲間を捜してるんでしょ？」

「そうだな。早く見つけねば」


お見舞いを終え、琴音と三日月は病院を出ようと廊下を歩いていた。

「彩……って、時間遡行軍のせいなの？」

「おそらくはな」

と、三日月が認める。

救急外来入り口の近くを通りかかると、救急隊員がストレッチャーを運んでくるところだった。

中年の男性が乗せられていて、つきそってきた妻らしい女性が「お父さん、しっかりして」と必死になって呼びかけている。やはり、ぽかん、と目と口を見開いたまま、男性はまばたきひとつしない。

医師と看護師が駆けつけてきた。妻が看護師にすがりついて訴える。

「突然、意識をなくして……」

「先生、また意識消失の患者が」

「今日で、もう六件目だぞ」

医師と看護師が顔を見合わせた。どうやら処置室はいっぱいのようで、その場で医師が男性の診断を始める。

遠巻きに見守っていた琴音は、ストレッチャーからだらりと垂れた男性の左腕で、嫌なノイズが唸るのを聞いた。

見ると、左手首にはめた腕時計の文字盤から、黄色い半透明の風船みたいなものが膨らんできている。

三

ノイズに色や形があるのを初めて見たので、琴音が思わず見守っていると、その膨らみは黄色い丸いものに変わった。角がある。

(あれは、あのときの……!)

博物館で三日月が斬ったマスコットみたいなものと同じだった。

琴音の視線に気づいたのか、三日月が訊いた。

「見えるか?」

うなずき、琴音は三日月にささやく。

「あれも時間遡行軍?」

「いや」

黄色い丸いもの・小鬼はふわりと宙に浮き、天井近くを滑るように進み出す。

「追うぞ」

三日月が素早く動いた。

「ちょっと待って」

病院の外に出て、ふわふわと移動する小鬼を追いかけて、琴音と三日月は倉庫街へたどりついた。

倉庫街に入ってから小鬼のスピードが上がった。目的地が近いようだ。

「……速いって……」

三日月は小鬼を指さして、言う。

「あれも念いだ」

「えっ？」

「あの鬼もまた、強い念いが形を成したものだ」

「鬼の形をした念い……？」

琴音が小鬼を見つめると、小鬼の体から光の糸みたいなものが伸びているのに気づいた。毛糸ほどの太さで、淡く虹色に光っている。

「鬼は古来より表情豊かにいろんな念いと結び描かれる。そして、念いを取り込むほどそれは大きく、強くなる」

小鬼はシャッターの下に十五センチほどの隙間があるのを見つけた。そこから倉庫の中へ、光の線を長く後ろに引いて入ってゆく。


三日月と琴音は倉庫の中へ入る。輸入した資材のような物を入れておく倉庫らしい。

奥には鉄製のパレットが雑然とうずたかく積まれ、天井から下げられたワイヤーで崩れないように固定されている。

パレットの山の間から、白い布を頭から被った誰かがゆっくりと出てきた。

三日月が顔をほころばせて呼んだ。

「山姥切！」

「三日月が捜してた仲間？」

きれいな顔立ちをした金髪の若者だ。

「無事だったか」

三日月が声をかけた……刹那、山姥切は抜刀し、真っ正面から無言で斬りかかってきた。

三日月も刀を抜いて受け、刃のぶつかる金属音が倉庫内に響く。

「ええっ、仲間じゃないの？」

たちまち、目にも留まらぬ速さでの戦いが始まった。琴音は様子をうかがう。

まるでテレビで見た時代劇のようだ。

三日月が防戦一方なのだけはわかった。攻撃をためらっているようだ。

鍔迫り合いで、三日月は山姥切国広と激しく押し合った。至近で相手の顔を見る。

山姥切の瞳の色がいつもと異なっていた。青緑色だったのが、灰色になっている。

三日月は得心した。

「なるほど……念いを奪う鬼か」

「どうやら俺のことを知っているようだが、俺には関係ない」

山姥切の鋒が鋭く突き出される。山姥切の突きも払いもためらいがない。

三日月は、突き込みをかわして大きく一歩退き、そこへ山姥切が踊りかかる——三日月は受け流そうとしたが、空振りした。

はっとして見ると、第三者の刀剣男士が間に入って、山姥切の刃を自分の刃で押さえつけている。

表が薄いグレーで裏が青い布をまとう……怜悧な雰囲気をした銀髪の彼は刃を撥ねのけると、間合いを取り直す山姥切国広をにらみつけて言った。

「へえ、これはまたずいぶんと見栄えの悪い偽物君だな」

無表情だった山姥切国広が、初めてわずかに眉をひそめた。

銀髪の彼は挑発的な物言いを続ける。

「俺こそが本歌、山姥切」

鋭いまなざしを山姥切国広へ向けて、彼は名乗った。

「山姥切長義、時の政府の命で来た」

「……増えた⁉」と、背後で琴音が驚いているようだ。

うつむき、被っている布を右手で引っ張って山姥切国広は顔を隠そうとする。

「少しは分を弁(わきま)えているようだね、偽物君」

山姥切長義が問答無用で真正面から山姥切国広を一刀両断しようとする。山姥切国広も負けじと、胴を横一文字に斬り払う。

それを山姥切長義が大きくかわして一回転、勢いのまま同じ技を見舞う。

激しくやり合う二振りの間に入り、三日月は山姥切長義の刃に自分の刃を打ちこんで争いを止めた。

「待て、時の政府の」

「邪魔をするな」

三日月を排除しようと刃を大きく薙ぐ山姥切長義と、受け流しつつ山姥切国広から遠ざけようと動く三日月の攻防が始まる。

「いやいや、すまんな。うちの山姥切が迷惑をかけて」

「山姥切は俺だ」

「そう言われてもなあ。うちの本丸の山姥切はこいつなんでなあ」

斬りかかってくる山姥切長義と刃を合わせながら、三日月は告げた。

「身内の問題ゆえ、手出しは無用」

何合も斬り結んでいると、いきなり山姥切国広が横合いから三日月に突きかかってきた。

三日月はとっさに身をひねり、その鋒を刃区(はまち)近くで弾く。

「偽物君はそう思ってないみたいだが？」

「何、猫がじゃれつくようなものよ」

山姥切長義は山姥切国広の背後を狙い、三日月がそれを防ぐ。しかし山姥切国広は三日月に斬りつけようとする。

三つ巴に入り乱れての剣戟となる。

山姥切国広がやや有利になり、三日月を仕留めるため大きく構えを取ろうとした――そのとき、少年の声が倉庫の奥から聞こえてきた。

「待て、山姥切、下がれ」

「伊吹……」

と、山姥切国広が見たほうに、三日月も視線を向けると……見憶えのある顔をした、年の頃十七、八ばかりに見える黒いパーカの少年が、立っていた。

「その顔は……」

大江山にいた若者……酒呑童子にそっくりだ。

三

伊吹と呼ばれた少年は、胸に角の先のような首飾りを下げ、手に黄色い丸い小鬼を握っていた。

山姥切国広が伊吹のそばへ向かう。

「逃がすと思うか?」

山姥切長義が追って飛びかかろうとした……が、隠れていた敵が立ち塞がった。黒い甲冑のあの時間遡行軍だ。

立ち去ろうとする伊吹と山姥切国広の殿(しんがり)を時間遡行軍が務めて、三日月と山姥切長義を斬り捨てようと派手に刃を振るう。三日月は山姥切国広に問うた。

「なぜ、そやつとともに在る」

山姥切国広が答える。

「俺は主に従うだけだ」

黒い甲冑の時間遡行軍と山姥切国広は、うずたかく積まれていたパレットを薙ぎ倒した。パレットの山が崩れ、三日月と山姥切長義の行く手を塞ぐ。

「……山姥切」

視線の先に山姥切国広たちの姿はなかった。

三日月に、山姥切長義が鋒を向ける。

「同行願おうか、三日月宗近」


三日月が戻ってこない本丸。

審神者の部屋から小烏丸が出てきたので、廊下で待ちかまえていた一期一振、骨喰藤四郎、堀川国広は駆け寄った。

一期一振が尋ねる。

「主の様子は？」

小烏丸は首を横に振った。

「おぼろげだ」

大江山への出陣から帰還した四振りを代表して、小烏丸が審神者に報告に上がった。ところが、審神者の姿が半透明になって消えかかり、声も聞き取りづらくなっていたのだ。

小烏丸が、どうにか審神者から聞き取った言葉を三振りに伝えた。一期一振が聞き返す。

「歴史改変が行われ、審神者の存在が危うくなっている、と？」

うなずき、小烏丸が私見を述べた。

「審神者に連なる歴史に、何らかの影響が及んでいる、と考えるのが妥当よな」

堀川が戸惑って言う。

「でも、今までそんなこと、一度も！」

「ああ、そうよ。容易なことではないからな」

骨喰も小烏丸に質問した。

「消えた山姥切と関係があるのか」

「わからぬ……」

一期一振が考え込んだ。

「三日月殿は……」

小烏丸が冷静に応える。

「ことの対処に当たるため、行ったのだろう。戻ってこぬということは、前進しているということだ」

「でも……」

と、堀川が不安そうにうつむいた。小烏丸が諭す。

「歴史とは、大河の流れのようなもの。人々の念いを繋げたその先に明日がある。それは審神者も変わらぬ。三日月はそれを守るため、分岐点にいるはず」

一期一振が繰り返す。

「審神者に繋がる歴史の分岐点……」

うむ、と小烏丸がまたうなずいた。

四

福岡・博多発、東京・新宿行のバスが高速道路を走っていく。

車内中央部、四列シートの通路側の座席に押し込められて、へし切長谷部は不愉快そうに眉間に皺を寄せていた。

「こんなことをしている間にも、主は……」

実弦が窓の外を眺めながら、かしわめし弁当を食べている。

「焦ったってしょうがないよ、へっしー。あっ、お腹空いてるから、イライラしちゃうんじゃない？　ほら、お弁当食べなよ」

実弦は手つかずのもうひとつのかしわめし弁当を差し出した。しかし、

「いらん！」

長谷部は実弦を見ることなくそれを押し返した。

そんな長谷部の態度に実弦は唇をとがらせる。そしてある格言を口にした。

「『常に己の進路を求めて止まざるは水なり』だよ」

その言葉は長谷部にも憶えがあるものだった。

長谷部のかつての主のひとり、黒田如水が説いたとされる「水五則」にある言葉だ。臨機

応変の重要さを水にたとえる。

長谷部はそこで初めて実弦の顔をまじまじと見た。

「へっしーにとって大切なことなら、なおさらしっかりしなきゃ、ね？」

再び差し出される、かしわめし弁当。

ばつが悪いのでちょっと視線を外した、そのとき。

突如、空が光り、禍々しい赤色の稲光が高速道路上に落ちた。それに驚いた車がいっせいに急ブレーキを踏み、次々と追突していく。

長谷部と実弦が乗るバスも例外なく急ブレーキを踏み、ハンドルを旋回。急激な横揺れにほぼ満席だった車内からは悲鳴が上がる。

前につんのめるほどの強い衝撃のあと、バスは停車した。どうやら衝突は免れたようだ。

「何？　何、何々？」

泣きそうな声を上げる実弦。

長谷部は立ち上がり、騒然とする車内を前方へと向かった。

「へっしー!?」

フロントガラス越しに燃え上がる事故車両の向こうに黒い影が複数、ゆらりと立ち上がる。

「まさか、時間遡行軍だと!?」

長谷部はすぐさまバスを降りる。実弦もそれに追従する。

高速道路上は、現れた謎の化け物たちから逃れる人々で混乱している。

「こんな場所で、正気か！」

逃げ惑う人々の向こうに時間遡行軍の一部隊を確認した長谷部は、敵の部隊長と思しき個体、槍を持った黒い甲冑の時間遡行軍に質す。

「目立てば、この時代では身動きが取れなくなる。戦闘は特にだ。おまえたちも同じだろう！」

槍を持った黒い甲冑の時間遡行軍は答える。

「もはやそのような次元の話ではない。邪魔はさせん」

時間遡行軍たちが長谷部に向かって突撃してくる。

長谷部は応戦するべく駆け出し、事故車を飛び越えて刀を抜いた。


同じころ、羽田空港の第二ターミナル。

建物内は騒然としていた。職員たちの誘導も虚しく、人々が秩序なく駆けていて大混乱の様相だ。大阪から到着した、髭切、膝丸、そして二振りの仮の主である倉橋はまさにその混乱の真っ只中にいた。

髭切と膝丸、そして倉橋は視界に何かを捉える。

「……なあ、兄者。これはまずいのではないか？」

自分に聞かれたわけではないが倉橋は、視線の先をよく確認するように眼鏡をくいっと上げて、「まずいですねえ……」と答えた。

彼らの視線の先には混乱する人間たちを突き飛ばしながらこちらに向かって来る時間遡行軍の部隊がいた。数は少なくはない。

「こんなにも堂々と仕掛けてくるとは」

「こうなったら仕方ない」

深刻そうな膝丸に対して、髭切はおおらかに、そしてあっけらかんと言った。

「大雑把に行こう。源氏ばんざい！」

抜刀した髭切は、敵が展開した陣形のど真ん中へ、全速力で突っ込んでゆく。

「全く、兄者は……」

苦笑し、膝丸も太刀を抜いた。

四

同じころ、内閣府庁舎内、内閣官房国家安全保障局の地下、秘密の執務室にて。

「時間遡行軍の度重なる襲撃に加え、人間から意識を奪う術——」

と言うのは山姥切長義である。高級そうな執務机にしつらえられた高級そうな椅子に腰をかけて、足を組む。三日月宗近はそれを立ったままで聞いている。

応接ソファに座らされている琴音が、二振りの会話に耳を澄ませる。

人間から意識を奪う術、彩のことが思い出される。

「時間遡行軍の動きは不可解だ」

「うむ、襲撃も倒すことより、時間を稼いでいるように感じられる」

三日月はこの数日間、この時代で対峙した黒い甲冑の時間遡行軍の行動を思い出す。優勢な状況であってもやつらは逃げることを優先していた。

「歴史改変を目的にしているというよりも、別の思惑があるような」

完全に置いてきぼりになっているこの部屋の主である各務は、琴音の前に「どうぞ」と二杯目のお茶を置いた。これまた高級そうな湯呑み茶碗である。

「……どうも」

恐縮している各務に、琴音が遠慮がちにお礼を言う。

長義は立ち上がり、今度は机に腰をかけた。

「それと不自然な点はもうひとつある。なぜ、わざわざこの時代なのか」

長義の声には何か不快感のようなものが込められている。

鋭くそれを聞き取った琴音が聞き返す。

「わざわざ?」

仮の主のために三日月は補足した。

「本来、この時代への介入は難しいはずなのだ」

長義が琴音にもわかるよう説明を加える。一応、敬意はあるようだ。

「古代や中世と違い、画像が残る。音声が残る。映像が残る。記録の量は桁違いだ。歴史改変の余地は少ない」

「確かに」

琴音は得心する。

「みんな何かあるとすぐに写真撮るし」

長義は小さくうなずく。

「そう。その状況で人目を盗み、大きな作戦を遂行するのは、困難な上に厄介なはず」

「なのに、やつらはこの時代に現れた」

三日月が言うと、長義はまたうなずく。

「ああ。安易に手を出せば、自分たちにも不利益が及びかねない。この時代でなければならなかった理由……」

各務はこの二振りにお茶を出すべきか、高級な湯呑み茶碗をふたつお盆にのせたまま、会話に割って入る糸口を見つけられずに立ち尽くしている。

「もしくはこの時代が歴史の大きな分岐点となるのか？」

琴音は二振りの会話を聞きながら、考えている。

「わからぬことが多いな」

そう三日月が会話を切り上げたので、琴音は立ち上がり、先ほどから疑問に思っていたことを長義に尋ねた。

「……彩や、この時代の人たちは？」

長義は琴音を一瞥すると、冷徹に答える。

「今は、歴史を守ることが最優先だ」

棘のある言葉にうつむく琴音に三日月が声をかける。

「悪気があるわけではないのだ。許してやってくれ」

「でも……彩が……」

琴音を安心させられる答えは、ここにはなかった。

羽田空港の攻防は、髭切と膝丸の優勢で進んでいる。

人々の避難は完了していて、残るは二振りと倉橋、そして時間遡行軍のみだ。

髭切が一薙ぎにしておおよそ片づけたところで、いかにも部隊長然とした二体が現れた。

「我らが相手だ、刀剣男士よ」

しゃがれた声がする。

髭切と膝丸は互いにアイコンタクトを取って同時に駆ける。膝丸の電光石火の剣さばきの背後から、髭切が飛び出す。軽やかなコンビネーションで敵を追い詰めていく。

しかし、あと一撃というところで、時間遡行軍は増援部隊を呼び込む。

「行け！」

しゃがれ声の命令に従い、髭切、膝丸に襲いかかる時間遡行軍。

膝丸はそれを一撃で斬り伏せて見せた。

ところが、

「逃したか……」

何もいなかったかのように、空間だけが取り残されていた。

「なんだ、もう終わり？　歯応えのないやつらだね」

四

髭切と膝丸は刀を納める。そこに倉橋も合流する。

倉橋は、初めて見る刀剣男士と時間遡行軍の戦いに驚きを隠せないでいた。


一方、高速道路上のへし切長谷部である。

槍の黒い甲冑の時間遡行軍との戦いは、長谷部のほうがやや分が悪そうである。事故車両に囲まれた狭い空間で、長谷部は次々と襲いかかってくる時間遡行軍を斬っていく。

最初は心配そうに見ていた実弦だったが、思いついたようにスマートフォンを取り出して写真を撮り始めた。

「きゃあ！」

長谷部に実弦の悲鳴が聞こえる。

撮影に気がついた槍の黒い甲冑の時間遡行軍が実弦に槍を振るったのだ。走り込んだ長谷部が槍を弾く。

「邪魔だ！　下がっていろ！」

「ごめん……」

目を伏せ、殊勝に謝る実弦。

無言のままの長谷部に対し、実弦が顔を上げると
「あ、いない」

長谷部越しに対峙しているはずの時間遡行軍の姿は消えていた。

時間遡行軍がいた場所まで走る長谷部。

「なぜだ」

と、怒りが交じる疑問を長谷部が口にする。

「なぜ時間遡行軍はこうも自由に動ける」

刀剣男士として、当然の疑問であった。

四

内閣府庁舎内、内閣官房国家安全保障局の地下、秘密の執務室。

三日月と長義の話題は、先ほどの倉庫でのできごとに移っていた。

「あの鬼とも関係があるのか……?」

「さっきの人間、あいつが鍵なのは間違いない」

〝さっきの人間〟が黒いパーカの少年のことであるとは、琴音にも察しがついた。

(そういえば、彼が持っていた角がある黄色い丸い物体、小鬼の形……)

琴音は、あの物体から光の線が出ていたことを思い出す。あれは何だったのだろうか。

「山姥切のこともある。早く見つけ出さねばな」

山姥切、という呼び方に反応して、長義が三日月を強くにらんでくる。

「これは失敬。うちの山姥切、だ」

にっこりと笑う三日月に対し、ふん、と長義がそっぽを向く。


そんな二振りのやりとりを尻目に、琴音はこれまでの話を整理することにした。

(彩は念いを奪われた)

体は健康なのに、何にも反応を見せず、ただぼうぜんと宙を見ている彩。

(念いは鬼の形になる)

病院に運ばれてきた彩と同じ症状の男性。その腕時計から小鬼が現れた。マスコットのような形をしていた黄色く丸いものだ。

(その小鬼はあの人のもとへ行く……)

その小鬼を追いかけていくと、あの少年がいた。無関係であるはずがない。

「あっ……」

声をもらした琴音に三日月が訊く。

「どうした？」

「あの人の居場所がわかれば、彩はもとに戻るかもしれないってことだよね？」

「その可能性はある」

「……私、見つけられるかもしれない」

小鬼から出ていた光る線は彼に繋がっているに違いない。それさえ見つけられれば。

琴音の言葉は強く確信を持っていた。

四

大枝伊吹は、都内にある古い公営集合住宅の一室にいた。

建物の老朽化が進み、見るからにうらぶれていて、現在の住民は多くないことが察せられる。三階の真ん中あたりの狭い１ＤＫ。ここが伊吹の住居だ。

室内に荷物はほとんどなく、殺風景な部屋の唯一の窓からは夕暮れの光が差し込んでいる。

室内でうずくまっているＴシャツに半ズボンの男の子、健（たける）は虚空を見つめていた。

伊吹は弟の健に話しかける。

「もう少しだ……もう少しで……」

健に反応はない。

少し離れた場所から山姥切国広はふたりの様子を窺っている。目の色は変わらず灰色のまだ。

伊吹は小鬼を取り出して、健の前に差し出す。すると小鬼はすうっと健の体内に吸い込まれた。

健ははっとして伊吹のほうを見る。

その様子に伊吹は安堵の表情を見せた。

「健、俺が必ず助けてやる」

山姥切国広はその様子をただ見守っていた。


翌日。

琴音と三日月は、彩の入院する病院に立ち寄った。

あいかわらず、彩は放心したままで、意識が戻っていない。

「彩……待っててね」

彩のベッドの横の枕頭台には、沢城先輩との思い出のバングルと、琴音とおそろいのヘッドフォンが置かれている。どちらも彩にとって大切なものだろう。

「ごめん、ちょっと借りる」

友人に語りかけると、琴音はバングルを手に取った。

バングルを両手で包むと、目を閉じ、意識を集中させる。

すると意識が光の中を通っていくような感覚があった。

琴音がゆっくりと目を開くと、バングルから光の線が空中を漂っているのが見えた。

「何かわかったか？」

答えず、無言のまま病室を出る。

そのまま空中に視線を彷徨わせて琴音は驚いて言った。

「ひとつだけじゃない……他にもこんなに」

琴音の足の運びが速くなる。

四

「これって……」

病院の玄関から外に出ると、光の線はいよいよ顕著になった。

三日月は琴音に尋ねた。

「何が見える？」

「光の線が……」

あらゆる場所から空に立ち上る光の線が見える。

「おまえの力が強くなっているのだ。それをはっきりと感じ取れるほどに。その力、本当に審神者へと連なる才能かもしれんな」

「これが全部……念いの通った跡？」

琴音は驚きを隠せない。光の線があるということは、念いはすでに奪われたということだ。それがこんなにもあるのか。

「そんなにか」

「……いろんなとこから」

「街中の人々の念いを奪っているのかもしれぬ」

琴音ははっとする。

「みんな、彩みたいになるってこと？」

「あぁ。急がねばな」

三日月の言葉を真摯に受け止め、琴音は大きくうなずいた。


光の線をたどる琴音と三日月は、ほどなくして、うらぶれた公共集合住宅にたどりついた。昼間でもあまり陽の当たらない建物内は薄暗い。

「キャハハハ」

人ならざるものの声も聞こえてきた。

琴音と三日月は光の線に導かれるままに、コンクリートの冷たい階段を上っていく。

共用廊下で、五歳くらいの男の子が、宙にふわふわ浮く黄色い小鬼と戯れている。楽しそうに笑って手を伸べ、小鬼をじゃらし、まるで小動物と遊んでいるかのようだ。

琴音からだと、向こうを向いてしゃがみこんだ男の子の顔は見えない。

（……男の子？）

三日月は琴音の視線の先を追って、無言で鯉口を切る。

琴音は男の子に近寄っていく。その様子は優しげで危険は感じていなさそうだ。

三日月はただ彼女の後ろ姿を見ている。

「ねえ、僕、危ないよ、ここにいたら」

手が届きそうなところまで近寄った。そのとき、男の子がくるりと振り返った。

「きゃあっ」

その双眸（そうぼう）は、光を宿さない真っ暗な穴だった。

琴音は悲鳴を上げて尻もちをついた。

恐る恐るもう一度よく見ると、男の子の両目に異常はなかった。くりくりとした瞳の可愛らしい子だ。

琴音はほっと息を吐いた。

「何をしている!」

その声に琴音が顔を上げる。

そこには黒いパーカの少年、大枝伊吹と白い布を被った男、山姥切国広が立っていた。伊吹の胸には角の首飾りが揺れている。

琴音は予想通りそこに彼がいたことに驚いた。

「健」

伊吹が呼ぶと、男の子は立ち上がり、寄り添う小鬼とともに伊吹のもとへ歩き出した。

そのとたん、琴音の横をすり抜け、三日月が前に出た。次の瞬間、男の子の頭上で刃と刃がぶつかり、耳障りな金属音を立てた。

男の子に刀を振り降ろした三日月と、その刃を自分の刃で受け止めた山姥切——二振りは共用廊下を走りながら、激しく戦い始める。

伊吹は健を抱き寄せると、嫌悪感に満ちた表情で言った。

「どうやって、ここに来れたのかは知らないが」

それを受けて、琴音もようやく立ち上がって質した。

「……みんなから念いを奪って、何をするつもりなの？」

「邪魔はさせない……！」

伊吹が小鬼を健の体に触れさせると、小鬼は健に吸い込まれる。

健は伊吹に微笑む。

しかし、すぐうつむいてしまう。

「これじゃ足りないんだ」

悔しそうにつぶやく伊吹に琴音は察した。彼は、この男の子に人から奪った念いを与えているのだ、と。

「だからって……！」

彩やみんなをあんなふうにしていいわけがない。

伊吹は琴音をにらみつけたまま、言い捨てた。

「誰もが恵まれてるわけじゃない。……俺は弟を守れなかった」

伊吹の言葉は、悲しみと怒りに満ちていた。

離れたところから、三日月と山姥切の剣戟の響きが聞こえてくる。

それ以外には何も音がしない。男の子はただ虚空を見つめているだけだ。

四

大枝伊吹は語る。苦労など何も知らなさそうな女子高校生、琴音に。

母はいない。父は日常的に暴力を振るう男だった。督促状が郵便受けから溢れ、煙草のヤニで黄色く染まった部屋で、父は来る日も来る日も理由もなく殴り続けた。恐怖から泣きわめく幼い弟を守れるのは自分しかいなかった。

「それからずっと、弟の心は壊れたままだ。壊れた心を取り戻すには、念いの力が必要だ。だったらよそから奪うしかないだろっ」

「それで人から念いを……」

「弟を助けるためなら、何でもするさ」

琴音は、自分本位な伊吹への嫌悪と同時に置かれた状況への憐れさを覚える。

そして、そのまま、つい口に出てしまった。

「あなたが弟さんを念っているのは、わかるけど……」

その一言が、伊吹の心の何かに触れた。

伊吹は琴音をにらみつけると命じた。

「山姥切、後は頼む」

弟の手を引いて琴音の横を抜け、階段へ向かう。

「ああ」

三日月と戦いつつ、山姥切が短く応える。

「ちょっと！　待って！」

琴音は伊吹を追いかけた。


一方、斬り結んだままの三日月が、山姥切の説得を試みていた。

「正気に戻れ、山姥切。記憶を失くしても、おまえは刀剣男士。使命はわかっているはずだ」

「歴史を守る、か？」

山姥切が答える。

「だが、歴史の闇に消え、忘れ去られた者はどうする？　誰が顧（かえり）みてくれる？」

山姥切の脳裏に、運命を呪った酒呑童子、そして今、現実に絶望している伊吹の姿が思い浮かぶ。

「それは……俺たちの役割ではない」

鍔迫り合いで押しながら、三日月が苦々しくそう答えたので、山姥切は言った。

「そうなんだろうな。それが正しい刀剣男士なんだろう。だが！」

渾身の力で、山姥切は三日月の刃を撥ねのけた。

「今の俺には、それがわからない」

三日月は大きく下がって間合いの外に出ると、一旦構えを解いてうなずいた。

「……そうか。山姥切、この時代にも、守りたいものができたのだな」

と三日月が微笑んだ。

「しかし、それでも俺たちは使命を果たさねばならぬ」

三日月は太刀をゆっくりと振り上げた。


琴音は伊吹を追いかけて階段を駆け下りた。

集合住宅の前庭に出たところで、そこに立ち尽くしている伊吹に追いつく。

「くそっ」

その言葉は自分に向けられたものではなかった。

琴音がはっとして伊吹の視線の先を見ると、そこには伊吹をにらみつけている男の姿があった。手には刀を持ち、洋装ではあるがいまひとつ場に馴染まない服装をしている。

琴音は思わずつぶやいた。

「また増えてる」

新たに現れた刀剣男士、へし切長谷部は伊吹と健を鋭く一瞥し、厳しい声で言った。

「それの仕業か」

長谷部が刀を抜き放つと、伊吹が弟をかばってしゃがみこみ、刃に背を向けた。

気づけば琴音の体が動いていた。伊吹と長谷部の間に飛び込んで、両腕を広げる。

「待って、ちょっと待って！」

「邪魔をするな！」

「この子を殺すつもりなの？」

必死の形相の琴音に、困惑する長谷部。

「何の話をしている！」

困惑する長谷部に、困惑する琴音。

そこへ
「えっ？　えっ、何なに？　どういう状況⁉」

と、花柄のスーツケースを抱えた若い女性……琴音よりは年上だろうか、が大声を上げながら駆け寄ってきた。長谷部の仮の主である実弦である。琴音と実弦が顔を見合わせ、長谷部が一瞬、実弦に気を取られた隙に、伊吹が長谷部に真っ正面から組みついた。

「おいっ、何だ、放せ！　放せ‼」

「逃げろ、健っ」

男の子が自分の住む棟へと駆け戻ろうとした……が、出入り口からやってきた三日月が太刀を振りかぶる。気づいた伊吹が絶叫した。

「やめろぉーっ!!」

すでに遅く、そのときにはもう、男の子は左肩から右脇腹へ、ばっさりと袈裟斬りにされていた。ばたりとあおむけに倒れる。

「ああっ……」

伊吹が立ちすくみ……取り乱してわめいた。

「うわああああああっ!!」

そこへ山姥切も追いついてくる。

琴音はやっと、何が起きたかをのみこんで、三日月につかみかかった。

「どうしてっ。どうして、こんなひどいこと!!」

琴音の様相に、三日月も困惑している。

「先ほどから、何を言っている?」

「だって、あんな子どもを……っ!」

「こども?」

実弦も、訳がわからないといった顔できょとんとしている。

「……あれが、か?」

長谷部は「あれ」と呼ぶものに冷たい視線を投げかけた。

三日月の視線もまたそれである。

琴音は「えっ？」と、もう一度、倒れている男の子をよく見た。

そこにあったのは、色とりどりの小鬼がぐちゃぐちゃにくっつき合って固まった、何かだった。人の形に見えなくもない、目がたくさんついた化け物……それは黒い煤（すす）のようなものを傷口から薄く噴き出させている。

琴音は絶句した。

伊吹にも、それが見えているらしい。うろたえ、声が震える。

「健？　俺の、弟……は？」

三日月は冷静に琴音に言う。

「すまんな。おまえがさっきから言っている『子ども』とやらが、俺にはさっぱり見えんのだ」

恐怖で固まっていた琴音はようやく声を絞り出した。

「……あの子じゃない」

化け物は斬られた傷から崩壊していく。

それに呼応するように、伊吹は苦しげに叫び声を上げた。

四

「うわああああああ…」

放たれる光を目にした伊吹に健の最期がフラッシュバックする。

（健は、とっくの以前（まえ）に……）

同時に脳内に声が響く。

「明日の明日！　我らの呪いが成就するとき、日の本に永遠の災いあれえええええ」

赤い髪の、自分と同じ顔をした少年が脳内で叫ぶ。

「ぐわああああああっ」

伊吹の額に骨と肉が裂けるような耐えがたいほどの痛みが走る。

「あああああああああ」

地の底から揺れるような叫び声を上げる伊吹。その額が割れ、二本の角が現れた。黒かった髪が赤く、目の虹彩も赤になり、瞳孔が広がっていく。

体に浮かび上がった模様はまさしく、あの日、山姥切国広の刀を奪い、自らの首に斬りつけた酒呑童子の肌のものだ。

伊吹の首飾りの角が直視できないほど強く光る。

そして伊吹、否、酒呑童子を中心にして、光が爆（は）ぜた。

光の大爆発は、日本中に波紋のごとく広がっていく。

近くの路地を歩く中年サラリーマンの体を、光の速さで波紋が通過する。

自覚のないまま、サラリーマンは動きを止め、放心した。サラリーマンの頭から黄緑色の小鬼が抜け出る。

「キャハハハ」

人ならぬものの声がする。

渋谷駅前のスクランブル交差点。

行き交う大勢の人々の体を光の波紋が通過し、全ての人々が意識を消失したまま立ち尽くす。そのひとりひとりから色とりどりの小鬼が生まれた。

「キャハハハ」

「キャハハハハ」

無数の小鬼がふわふわと浮かんで、上空を埋め尽くす。

横浜みなとみらい、富士山の裾野、名古屋城、京都・産寧坂、大阪・通天閣、福岡のドーム、札幌・大通公園。

日本全国のありとあらゆる場所で、人々の活動が停止し、小鬼がわいて溢れる。

四

「キャハハハハ」

耳障りな声が大きくなっていく。

やがて空は小鬼で埋め尽くされた。

閃光が収まった気配に琴音が目を開けると、伊吹も山姥切も、あの不気味な化け物もいなくなっていた。

ただ、鮮やかなピンクのゴムボールがひとつ、代わりに落ちているだけだ。

琴音がそれを拾い上げる。

ゴムボールには、かすれた黒い線で、人の両目と口のような落書きがされていた。

異変は本丸にも及んでいた。

長徳の時代から戻って以来、小さな異常は発生していたが、それがいよいよ見過ごせないほどに大きくなったのだ。

ノイズとともに黒い霧に覆われ、本丸から色が失われていく。

「これは……」

「どういうことだ……っ」

「色が失われていくよ!?」

本丸に残っていた一期一振、骨喰藤四郎、堀川国広、小烏丸の四振りはこの黒い霧から逃れようとするも次々とからめ取られていく。

力が抜け、意識が遠のいていく……。

小烏丸が最後まで抗ったが、力尽きた。

「……三日月……山姥切……」

審神者もまた闇に呑まれていった。

四

五

再びの内閣府庁舎内、内閣官房国家安全保障局の地下室、秘密の執務室。

普段は入ることのできない国家機密の部屋とあって、実弦は大いにはしゃいでいた。

「ねえねえねえ、こんなとこ来たの、初めてなんですけどぉ。テンション上がんない？」

「はい……」

琴音は実弦に圧倒されているようだ。

「硬いなぁ。あ、自己紹介がまだだから？　あたしは、み・つ・る」

「琴音です」

「琴音かー。じゃあ、ネッシーだ。よろしく、ネッシー。ふふふふ」

実弦はこの状態にあっても陽気である。

物怖じすることのない実弦は、この部屋で合流したばかりの初老の男性にも声をかける。

「ね、おじさんも刀剣男士なの？」

というのも、彼の装束が立烏帽子に直衣という変わったものであったからだ。

「私は違います」

「そうなんだ。袴とかはいてるから、そうなのかと思ったー」

男は小さく笑い、品よく物静かに話す。

「倉橋と申します。この格好は、京都で神職をしておりまして」

「神職って神社の人？　なんか術とか使えそう〜」

指を器用に動かして「なんかの術」を使いそうな動きを再現する実弦。

それには倉橋は苦笑するしかない。

実弦の次のターゲットは、茶を盆にのせて運んできた各務だ。

「それで、そっちの顔に縦線入っちゃってる感じの人は？」

「各務です。粗茶ですが」

「おっ、気が利く人だー、ありがとう」

各務は高級そうな湯呑み茶碗で三人に茶を配る。

三人がソファで茶をすすり始めたので、三日月は隣に立つ長谷部に視線を移した。

「ふむ、やはりうちの本丸の長谷部とは、いささか雰囲気が違うな」

「なれなれしく触るな」

と、ストラに触る三日月の手を長谷部が撥ねのける。

「遊んでる場合じゃないだろう」

「つれないな。そういうところは、うちの本丸の長谷部と似ているが」

そう言い終わらないうちに、長谷部は食ってかかる。

「そもそもこの事態を招いたのは、おまえたちの本丸だろう？」

さすがの三日月もこれには何も返せない。

髭切と膝丸はこの会話に入ることなく、事の成り行きを見守っている。

そこに状況の確認に行っていた山姥切長義が乱暴に扉を開けて部屋に戻ってきた。そして乱暴に後ろ手で閉める。

「事態は想像以上に深刻だ」

「状況を教えてくれるかな」

と、ようやく髭切が口を開く。

長義はいつもと変わらない口調で、だがひとつひとつていねいに事の重大さを語る。

「日本中の人間から念いの力が奪われ続け、各都市機能は完全に停止している。それに伴う二次的な大事故を防ぐだけで、精一杯の状況だ」

するとそれを聞いた実弦が尋ねた。

「あたしらは、何でなんともないの？」

長谷部が答えた。

「俺たちと繋がっているからだ。一応とはいえ、おまえは仮の主。だが……」

長谷部の表情が曇る。

「今、本丸とは連絡が取れない。おまえたちの本丸だけではない」

長義がぴしゃりと言う。

「審神者は……俺の主は無事なのか」

「へっしー……」

なおも顔を曇らせる長谷部に、実弦が同情する。

それにはかまわず、長義が説明を続ける。

「この時代への歴史改変が、我々に対する攻撃であることは間違いない。しかし、この状況を覆せる方法が……このままでは……」

言いよどんだ長義の言葉を、三日月は引き受けた。

「俺たちも、俺たちの本丸も、そして……審神者も消えてしまう」

室内が重たい空気で満たされた。

それを打ち破ったのは髭切だった。

「でもそれって、鬼の力を持つ人間の仕業……なんでしょ？　だったら、話は簡単だ。斬っちゃおう。それでおしまいだ」

この現象の原因は大枝伊吹であり、その体を乗っ取った酒呑童子である。

五

「兄者の言う通りだな」

すかさず膝丸が賛同する。

この言葉に琴音があわてて立ち上がる。

「待って、相手は人間だよ！」

その言葉に髭切は間髪いれずに応える。

「関係ないよ」

「ああ、関係ないな」

さらに膝丸がきっぱりと切り捨てた。長谷部も断言する。

「俺たちの目的は、歴史改変を阻止することだ」

「へっしー、そういうとこ」

と、実弦が指を突きつける。ふん、と長谷部がそっぽを向いた。

「三日月……」

どうしたら、と言う前に、三日月が琴音を止める。

「しかし、このままだと、おまえの友もあのままだぞ」

「……それは」

琴音はうつむいてしまった。

この話を打ち切るように長義が三日月に訊いた。

「偽物君はどうするつもりだい？」

「それもこちらに任せてもらおう」

三日月は琴音に向き直って、一歩近づいた。

「面倒ごとばかり頼んですまぬが、もう一度、あやつを捜してくれないか」

「それって、あの人を殺すの、手伝えってこと？」

三日月は答えない。

琴音は持っていたゴムボールを握りしめた。

嫌な沈黙である。再び室内が重苦しい空気に包まれた。

そのとき――内閣府庁舎に赤い稲妻が落ちた。

それはそのまま地下まで突き抜けて、執務室の壁を破壊する。

「何事だ！」

瓦礫の向こうに立っていたのは時間遡行軍の一部隊だ。

長義が刀を抜き、言った。

「邪魔な俺たちを、まとめて片づけるつもりか」

「ならここで、ケリをつけてやる！」

五

長谷部が真っ先に飛び出し、斬りかかってきた敵の打刀の刃を弾いて逸らす。背後に回って真っ二つに切り捨てるが……。

「痛ぁーいっ」

実弦が悲鳴を上げた。左の二の腕から血を流している。三日月は長谷部に早口で言う。

「長谷部！　ここで戦っては、相手の思うツボだ」

打刀の刀剣男士はともかく、太刀の刀剣男士は狭いところで戦うことに向いていない。

二次被害が懸念される。

仕切り直そうとしたとき、突然、長義の全身から色が失われた。

「ぐあああ、どういうことだ……体が……」

体に力が入らない様子だ。このままでは負けると判断したのか、長義は

「くそっ……一旦引いて、態勢を立て直せ！」

と声を振り絞って、指示を下す。

「長義！」

長谷部が長義を呼ぶ。

しかし、長義は自分が退く気はないと見え、懸命に刀を振るっている。

各務が、崩れた壁とは反対側にある扉を開けた。

「こちらから避難を」

「早くしろ！」

　長義を残して全員が部屋の外に出ると同時に、長義が膝をつく。

　自分の横を通り抜けていく時間遡行軍に抗うこともできず、長義はノイズとともに消えてしまった。


一行は地下道を走り抜けていく。

琴音は、腕にケガを負った実弦を支え、細心の注意を払いながら走る。

後ろから時間遡行軍が追いかけてきていた。

追いついてきたところから、斬り、散らしていく。

「斬っても斬っても、次から次へと」

「こちらは一振りずつ送り込むのがやっとだというのにな！」

膝丸と長谷部がぼやく。

琴音はふと、三日月と長義が言っていたことを思い出す。

――『本来、この時代への介入は難しいはずなのだ』

――『古代や中世と違い、記録の量は桁違いだ。歴史改変の余地は少ない』

五

その意味を考えていた。

そういえば、どうして写真とか動画、撮るんだろう。


長い長い地下道の出口は渋谷・ハチ公前広場が見えるスクランブル交差点だった。

普段ならばたくさんの人でにぎわっているはずの場所だが、今はそこにいる人間全員が虚空を見つめ、ぼうぜんと立ち尽くしている。

この場所に時間遡行軍の姿は見えない。琴音たちは周りを警戒しながら、交差点を進んでいく。

すると空に赤い稲妻が走り、交差点中央に落ちた。時間遡行軍だ。

打刀と脇差の黒い甲冑の時間遡行軍がしゃがれた声でそれぞれ言い放つ。

「無駄なあがきだ、刀剣男士よ」

「貴様らの負けだ！」

この個体には見覚えがある。

髭切、膝丸、へし切長谷部がそれぞれ、「対峙した時間遡行軍だ」と言う。

「すでに決着はついた。おまえたちも、審神者も、歴史の闇へと消えてゆく」

わっと襲いかかってくる敵の刃を受けながら、長谷部が言い返した。

「やはり、全ておまえらの――」

槍の黒い甲冑の時間遡行軍が、その言葉をさえぎって高笑いする。

「どうだ、存在が忘れ去られる気分は」

琴音はこの言葉に引っかかりを覚えた。

敵の胴を一文字に斬り払いつつ、存在？　忘れる？　と髭切がのんびりと言った。

「刀の名前なんて、持ち主が念い入れ持てるかどうかなんだよね」

琴音は、あっ、と気づいた。先ほど引っかかったこと――なぜ、写真を撮るのか。

「そっか！　念い入れがなくなる。念いがなくなると、誰も記憶しない。記憶にないなら、記録にも残さないし、歴史には残らない……だから、みんなの記憶を奪って……」

琴音の発言を聞いた長谷部が答える。

「そういうことだ。だから本丸は、あんなことに！」

「えっ、えっ？　どゆこと？」

話が繋がらない実弦に、三日月が補足する。

「この時代で念いという概念を奪い、審神者がひとりも生まれてこない歴史をつくり出そうとしているのだ」

「貴様ら!!」

長谷部が怒りを露わに、敵に斬りかかる。

別の場所では、髭切と膝丸が連携技で鮮やかに三体を屠っていく。

長谷部、三日月と、敵を斬り倒していくが、その刹那、また空に稲妻が光る。

三日月ははっとして空を見上げた。

落雷とともに時間遡行軍が現れる。

どんどん、どんどん、落雷ごとに時間遡行軍が現れ、渋谷スクランブル交差点が時間遡行軍で埋め尽くされる。

長谷部が叫ぶ。

「まだ増えるのか」

髭切と膝丸も顔を見合わせる。

「いくら何でも大雑把すぎると思うよ」

「これはまずいぞ」

刀剣男士たちは仮の主をかばう位置まで下がる。

実弦が小さく悲鳴を上げた。

「ちょっと、へっしー、なんか地味になってる」

「なんだ、これは」

長谷部の体にノイズが走り、色が抜けていく。

長谷部だけではない。髭切、膝丸も灰色になっていく。

体から力が抜ける。

しかし、時間遡行軍の猛攻は収まるどころか、落雷とともに、どんどん増えていく。

「くそっ、こんなときに！　まさか……すでに本丸は……」

もう声を上げることも精一杯だ。

そこに槍の黒い甲冑の時間遡行軍が琴音に迫った。

「審神者を失い、力を失ったおまえらなど！」

すくみ上がった琴音の前に、三日月がひらりと袂をひるがえして割り込んだ。敵の槍の穂先を刃で受け止め、押し返す。

三日月にもノイズが走り、今にも崩れてしまいそうだ。

「もはや一刻の猶予もない。皆の念いも、歴史も、友も全てが消えてしまう。頼む、力を貸してくれ」

力を込めて刃を振り抜き、三日月が黒い甲冑の槍を撥ね飛ばす。

体勢を立て直そうとした槍の黒い甲冑の時間遡行軍を、全身色を失った長谷部が体当たりで止めた。

五

琴音は、まだ迷っていた。解決する唯一の方法……伊吹を殺してしまうことを。

「……三日月たちは」

「何だ？」

隙なく構えて敵に視線を向けつつも、三日月は落ち着いた声で応じてくれる。

「歴史を守るのが使命なんだよね？　それ以外のことはどうでもいいの？」

「俺たちは歴史を守るための、ただの道具だ」

「でも、道具は、物は、人の念いを受け、その念いとともにあるんじゃないの？」

三日月は少しだけ考え、静かに答えた。

「……そうだ。その念いをのせ、幾星霜の大河を渡る。我らがその証だ」

「仮だけど、三日月の今の主は私だよね？　なら、私の念いは三日月とともにあるってことだよね？　……子どものころからずっと物の声が聞こえてて……でも、はっきりと言葉がわかったのは、三日月が初めてだった。だから……」

振り返った三日月が、真剣な表情で琴音に言った。

「俺は主に恵まれているな」

「三日月……」

「……俺を信じろ……」

穏やかな、けれど揺るがない声……琴音は三日月を信じると決めた。

空を見上げると、光の線がどこかに向かって流れている。

無数の光の線が上空へ立ち上り、太い光条にまとまりながら一方向へ向かってゆく。

琴音はポケットからピンクのゴムボールを取り出す。

意を決して、琴音は三日月に声をかけた。

「来て」

「わかった」

琴音と三日月は走り出した。

あの光条の先に伊吹がいる。

墨田区にある東京スカイツリー。高さは六三四メートル、この年の五月に開業したばかりの東京の新しいランドマーク。夕日に照らされてほのかに紅く、その存在感を示していた。人気のない天望デッキでは、酒呑童子と成った伊吹が下界を見下ろしていた。そばに山姥切国広と太刀の黒い甲冑の時間遡行軍が並び立っていた。

赤い髪、額に二本の角、血走った眼と牙の生えた口、赤黒い肌……その姿はもう伊吹ではなく、よみがえった酒呑童子そのものだ。

この世のものとは思えない毒々しい声で酒呑童子は呪詛を吐く。

「……日の本に呪いを！」

それを太刀の黒い甲冑の時間遡行軍が煽る。

「念いのままに為すがよい。おまえたちを見殺しにし、鬼と蔑み、迫害した忌まわしい歴史を破壊するのだ」

「災いあれ！」

酒呑童子の言葉とともに、空いっぱいに小鬼が現れる。それが全て、次から次へと酒呑童子の体に吸い込まれてゆく。

酒呑童子は過去を思い返していた。

平安時代、長徳元年の大江山で、山姥切が酒呑童子の小屋にたどりつく直前のこと。

山伏に化けた連中から騙され、毒酒を飲んで仲間は息絶え、酒呑童子もひどく苦しんでいた。

身もだえし、もがき、宙を引っかき、床を叩いて、助けてくれ……と希(こいねが)ったとき、目の前に黒い靄をまとって、赤い目と黒い甲冑の異形のものが現れた。

異形のものは酒呑童子に告げた。

「おまえはこのあと、鬼として斬られ、歴史の中に葬られる。どうあがこうと変えられぬ」

絶望し、血を吐きながら酒呑童子はわめいた。

「俺たちが何をした！　ただ、必死に今日を生きていただけで……！　都のやつらにも、歴史にも見放され……」

「悔しかろう！　憎かろう！　それが正しい歴史というだけで」

「死んでも、死にきれんっ」

すると、異形のものが甘くささやいた。

「だが、千年の時を経て、変えることはできる」

六

苦悶しかなかった酒呑童子に希望が宿る。

「それが真なら、鬼にでも邪(じゃ)にでもなり、必ずこの無念を晴らしてくれる」

「千年など、物となれば越えることはたやすい。全てが物となったとき……その物語を我らに差し出せばな」

酒呑童子は、それにすがった。

「……そのとき、おまえは真の鬼になる」

黒い靄に包まれ、異形のものの姿はかき消えた――。


太刀の黒い甲冑の時間遡行軍は満足そうに言った。

「この時代の変化で、全ての審神者、全ての刀剣男士は、歴史から消滅する。長きにわたる戦いの決着のときだ」

傍らで山姥切が、無表情のままやりとりを見ている。

酒呑童子は太刀の黒い甲冑の時間遡行軍に声をかけた。

「最後の仕上げにかかるとするか」

太刀の黒い甲冑の時間遡行軍が異変に気がつくよりも早く、酒呑童子は両手を太刀の黒い甲冑の時間遡行軍に向ける。力を放つと、太刀の黒い甲冑の時間遡行軍は黒い靄に変わって吸い込まれ始める。

「なぜだっ」

「結局、おまえも俺を利用していただけだろう？　都のやつらと同じだ」

「やめろぉぉぉっ」

絶叫を残して、それは酒呑童子の両手のひらに吸い込まれてしまった。

太刀の黒い甲冑の時間遡行軍を取り込んで、酒呑童子の形相はさらに恐ろしい鬼へと変化する。

表情を変えないまま、山姥切が伊吹に問うた。

「……本当にこれがおまえのやりたかったことなのか？」

その問いに酒呑童子がつまらなそうに答える。

「おまえはこいつを、どうしたいんだ」

山姥切はそれを無視して、さらに強く問いかける。

「伊吹、俺の主はおまえだ。おまえのやりたかったことは何だ」

その声は酒呑童子の中に吸い込まれていく。

山姥切はさらに問い続ける。

「少なくとも、これは望んでいたことじゃない。そうだろう？」

山姥切が静かに刀を抜いた。

真っ暗な闇の中にたったひとり。伊吹は膝を抱えて座っていた。

遠くから山姥切国広の声がかすかに聞こえる。伊吹は声に答えた。

「俺にはもう何もない……」

「何もないなら、どうでもいい」

「健のいない世界がどうなったって」

伊吹は抱えた膝に顔を埋めた。真っ暗闇に自分が溶けてゆく気がする。

三日月が琴音を伴って天望デッキに到着したとき、山姥切が酒呑童子に向けて、まさに斬りかかろうとしているところだった。

「山姥切！」

三日月も抜刀し、加勢する。絶妙なタイミングで同時に攻撃を放つ。

しかし、酒呑童子はそれをいとも簡単に撥ね返した。

「過去には戻れない。歴史は変えられない。だが、それでも生きるのが、おまえたち人間の役割だろう？」

山姥切の説得は続く。

「明日の明日、そのさらに明日をつくってゆく――」

「それを奪ったのが、貴様らだ！」

酒呑童子は両手のひらを山姥切と三日月に向け、気合いもろとも鬼の力を放った。

「うおぉぉぉぉぉぉぉぉっ」

手足から力が抜け、重い岩に押さえつけられているように全身が軋んで、三日月は床に倒れ伏した。山姥切も隣に倒れ込む。

「くそっ」と山姥切が身じろぎして抗うが、手も足も出ない。

床に這いつくばった二振りの前を何かが横切った。

三日月がはっと顔を上げると、それは背後で隠れていたはずの琴音だった。

「聞こえているんでしょ。そこにいるんでしょ？」

六

暗闇の中で伊吹は顔を上げる。

誰かが、自分に呼びかけている。

一方、渋谷駅前。

もはや戦う力の残っていない長谷部、髭切、膝丸。

それでも戦う三振りを嘲笑うかのように、赤い稲妻が天から落ちてはアスファルトで弾け、立ち上った黒い靄の中から時間遡行軍の部隊が出現する。

「さすがに多すぎるぞっ」

また赤い稲妻が走る。これはもう笑うしかない。


酒呑童子の中にいる伊吹に、琴音はまっすぐ呼びかけた。

「ねえ、本当にそれでいいの？　私、最近まで見向きもしなかったんだ。ずーっと聞こえていた念いの声。聴く気がないからノイズにしか聞こえなくて、ただ遠ざけて、聞こえないふりして、それで平気だって思ってた」

伊吹は初めて、自分に向かってまっすぐに届く声を聞いた気がした。

それを酒呑童子は不快に思うようで、

「黙れっ」

と怒鳴る。

「私には歴史のことはよくわからない。……でも、物も念いも、紡いで生きていくことが大事なんじゃないかなって」

「やめろっ」

「友達の念い、家族の念い、物への念い、私たちは常に、自分以外への念いに突き動かされて生きてるって知ったんだ」

そして琴音はあのとき伊吹が何に怒り、自分がいかに無神経だったかに思い至った。

「だから……わかったようなこと言ってごめんなさい。私はまだ、あなたのこと、よく知らない……でもきっと、健くんはあなたのこと、よく知ってる。あなたの中の健くんは……今、何て言ってる?」

伊吹は、ぽつりと言う。

「俺の中の、健?」

琴音はポケットからピンクのゴムボールを出し、描かれた笑顔みたいな線を見つめてから、両手でそれを握り込んだ。

(お願い、届いて……健くんの声)

ゴムボールから優しい光が溢れる。

六

その光は酒呑童子の中の、伊吹のさらに深層に語りかけた。

「おにいちゃん……」


暗闇の中、一点の光が輝いている。

伊吹はその光に呼ばれた気がして、身を起こした。

「おにいちゃんがいれば、平気だよ」

声とともに白い光は少しずつ大きくなる。

「心配しないで」

声も力強くなる。

「寂しくないよ」

その光は、健だった。

伊吹は思い出す。健との楽しかった思い出を。

あのゴムボールは伊吹が健に買ってあげたものだった。健はすっかり気に入って、油性ペンで両目と笑っている口を描いた。

『健、何を描いたの？　自分で描いたの？　すごい顔してるじゃん』

『おにいちゃん』

『俺？　そんな顔？　あはは、すごいね。上手だなあ』

そんな会話をして、笑い合った。

そしてまた別の記憶もよみがえる。健の最期の日。

あの日、自分はゴミで散らかった部屋でやりきれなさを抱え、父の暴力によって心の傷を負っていた健の前で、暴れていた。

「俺が……。俺が健を殺したんだ。あのとき、健をひとりで外に出さなければ、俺がもっとしっかりしていれば、健は死なずにすんだ……」

自分のことに精一杯で、健が外に出たことに気がつかなかった。

何かが車とぶつかる大きな音がした。

伊吹がそこ――事故現場に着いたときには、もう何もかもが手遅れだった。

「でも、何で俺たちだけが……誰も助けてくれなかった……俺にどうしろっていうんだ！何ができたっていうんだ！」

誰も道路に倒れた健のもとに駆け寄ってくれる人はいなかった。救急車を呼んでくれる人すらいなかった。誰も彼もただ遠巻きに見ているだけだった。

「それが俺の歴史というなら、これが俺たちの運命というなら、歴史を、運命を、恨むしかないじゃないか!!」

伊吹の叫びに、酒呑童子が応える。

「そうだ！　我々を見捨てた歴史を、運命を呪え！」

暗闇に響く声に、光が翳る。


琴音はぎゅっと唇を結んだ。

自分が助けたいと思う人間を見捨ててなるものか。

これは物の声なき声を聞くことのできる自分だからこそ、言える言葉なのだ。

「あなたの中の声を聴いて。健くんは今も、あなたのそばに」

聴くべき言葉は自分で選べ、と。


「健……俺は……」

暗闇の中で一点、一等強く光が輝く。

伊吹は白い光を見つめ、耳を澄ませた。

「おにいちゃん、いつもありがとう」

健の笑顔を念う。

「おにいちゃんがいてくれて、僕、幸せだったよ」

その言葉が自分に都合のいい妄想でもいいと、伊吹は思った。

「健……」

伊吹は強くうなずく。

これが、自分が聴くべき言葉だった。


酒呑童子はあらゆる物の念いを集め、その手から吸収することができる。

今、その力は三日月宗近と山姥切国広に向けられていた。

ところが突然、酒呑童子は大きく叫び声を上げた。

「ぐわあぁぁぁぁっ」

酒呑童子の全身の形が崩れ出した。皮膚の下がうごめいて無秩序に変形する。あちこちがぶくぶくと膨らむ。

「体が……!?」

琴音は驚き、後ずさりする。

「念いを集めすぎて、体が器として耐えられなくなったのだ」

三日月が冷静に分析した。

「それって、どうなっちゃうの？」

「……この時代もろとも全てが……」

言いよどむ三日月の様子に、琴音はぞっとし、焦りを覚えた。最悪の事態が迫っているようだ。

山姥切が質す。

「酒呑童子、このままだとおまえも滅びるぞ」

「かまわぬ。この国が滅ぶのならば、それでよい」

酒呑童子の咆哮が響き渡る。限界が近いのだ。それでも酒呑童子は念いを集める手を緩めない。

「どうすれば……」

つぶやく琴音。

そのとき、酒呑童子の顔面に伊吹の面影が重なる。

「山姥切国広！　俺の首を斬れ！」

主からの命令に山姥切は戸惑った。だが、伊吹はさらに強く続ける。

「おまえなら、できるだろう？」

酒呑童子から受けていた攻撃が止まる。急に圧力がなくなり、山姥切はよろめいた。

しかし、その目はしっかりと伊吹を捉えている。
伊吹は山姥切に言う。
「俺を信じろ！」
山姥切はゆっくりと目を閉じ、ゆっくりとうなずいた。
強く、刀を握る。
「主の命ならば！」
その言葉とともに目を開いて山姥切は駆け出した。
山姥切は記憶を失い、この時代にやってきた。
そして出会ったのが大枝伊吹だった。
確かに伊吹はこの世の全てを恨んでいたが、弟を思う優しい少年だった。
山姥切国広にとってこの数日間は守るべき大切な歴史となった。
酒呑童子が何かを叫んでいるが、山姥切には聞こえていない。
主の命を果たす。山姥切国広は酒呑童子の首を一刀のもとに斬り落とした。
そして、解放され倒れる伊吹をそっと抱きしめた。
酒呑童子の首が宙を舞う。

六

ぽとりと角の首飾りが琴音の手の上に落ちた。

琴音はこの物の声を聞いた。

瞬間、光が爆発する。

この角に集められた人々の念いが解放されたのだ。

念いは次々と琴音の手から飛び立ち、光の矢となってそれぞれ、あるべきところへ戻っていく。

まぶしくて見つめていられないほどの光の矢のシャワーは、しばらく続いたのだった。

七

東京スカイツリーから空（くう）を四散した光の矢は、日本全国各地に降り注いだ。

東京・新宿、神奈川・横浜、京都、大阪、福岡、札幌……あらゆる場所で人々が意識を取り戻す。

渋谷駅前でも、光の矢が還ってきた人々が次々と我に返った。

その様子に、色を失って全身が薄れかけた状態の髭切と膝丸が気づいた。

「人間たちが目覚めたようだね」

「しかし、これはこれでまずいのではないか？」

膝丸がつぶやくと同時に、案の定、人間たちから悲鳴が上がり、パニックが巻き起こった。

突然、目の前に化け物がいて刀や槍、薙刀を振り回しているのだから当然だ。

逃げ惑う人々に時間遡行軍は刃を向けた。

そこに色を失ったままの長谷部が駆けつけ、敵を一刀で斬り裂いて守る。

実弦が長谷部に問う。

「人間は関係ないんじゃなかったの？」

ふん、とそっぽを向いた長谷部に代わり、髭切が答えた。

「むやみに傷ついてほしいわけではないからね」

「やるしかないな、兄者よ」

うなずく髭切。しかし長谷部が苦しげに言う。

「だが……全ては守りきれんぞ」

それでもやるしかないと覚悟を決めたそのとき、実弦が声を上げる。

「あっ、へっしー、体が戻ってるよ！」

長谷部が自分の体を見回した。髭切と膝丸にも色が戻ってくる。

不意に猛烈な風とともにどこからか桜の花びらが流れてきた。

「……何だ？」

この花びらは――。


東京、ウォーターフロントにある救急病院の一室。

虚空を見つめていた彩は、はっとして起き上がった。

「あれ……私……？」

彩はきょろきょろとあたりを見回す。病院の一室……？　と思ったとき、そこに桜の花びらがふわっと風に乗って舞い込んできた。

季節外れの花びらに驚いていると、さらに驚くことに先ほどまで誰もいなかった窓際に、全身真っ白な和装の男が立っているではないか。

「え……？」

彩は驚いてそれしか口に出せない。

彼は微笑んで言う。

「俺みたいのが突然来て、驚いたか？」

恐る恐るうなずく。

彼は自分は刀剣男士・太刀 鶴丸国永だと名乗った。


都内の住宅街の坂道で意識を取り戻した、ひとりのサラリーマン。気づくと桜吹雪が目の前を通り過ぎ、その中から黒い服に濃い赤のマフラーを首に巻いた黒髪の男が現れた。

彼が振り向きざまに言う。

「俺、扱いにくいんだよねー。だ・か・ら、うまく扱ってね」

彼の前に現れたのは、刀剣男士・打刀 加州清光。


またさらに、京都の産寧坂で我に返った舞妓の前にも、桜吹雪が渦巻いた。

現れたのは、長い髪をポニーテールにし、左手に甘酒のびんを持った洋装の少年。

舞妓と目が合うと、ちょっぴりすねたように言う。

「何だよ、呑んでちゃ悪いのかぁ？　こう見えて、ン百年生きてんだ」

刀剣男士・短刀 不動行光。

道頓堀に、名古屋城に、渋谷駅前に、桜吹雪が舞い散る。
渋谷駅前で桜吹雪を見上げていた女子高校生の前に、右手に打刀、左手に短銃を持った和装の丈夫が現れた。
「せっかくこがなところに来たがやき、世界を掴むぜよ！」
土佐弁で朗らかに宣言したのは、坂本龍馬ゆかりの刀剣男士・打刀 陸奥守吉行。
彼を筆頭に、次から次へと刀剣男士が現れる。
脇差 肥前忠広。
打刀 和泉守兼定。
太刀 大典太光世。
太刀 ソハヤノツルキ。
太刀 大包平。

太刀　数珠丸恒次。
打刀　宗三左文字。
短刀　太閤左文字。
短刀　博多藤四郎。
短刀　前田藤四郎。
脇差　鯰尾藤四郎。
太刀　鶴丸国永。
打刀　南泉一文字。
太刀　鶯丸。
短刀　倶利伽羅江。
大太刀　石切丸。
いくつもの違う本丸から、援軍として出陣してきた刀剣男士たちだ。
各務はその中に一振りの刀剣男士を見つける。
堂々とした歩きっぷり。その刀剣男士は、あの部屋の主よりも主らしく、誰よりも責任感が強い。あのとき消えた山姥切長義に他ならない。
山姥切長義はその身を確かめると、にやりと笑って、刀の柄に手をかける。

さらに、三日月と山姥切国広の帰りを待っていた本丸からも、出陣した四振りがここに到着する。

太刀 一期一振。

脇差 骨喰藤四郎。

脇差 堀川国広。

太刀 小烏丸。

小烏丸が長谷部と髭切、膝丸に声をかけた。

「安心しろ。本丸も、審神者も無事だ」

顕れた刀剣男士たちは、初対面でも、言葉を交わさずとも、念いはひとつだった。

時間遡行軍を滅せよ。

いっせいの抜刀と同時に、陸奥守が鬨の声を高らかに上げる。

「そら、戦の始まりじゃあ！」

同時に大きく跳躍し、陸奥守吉行は先陣を切ってやってきた敵の打刀の首を落とした。着地すると同時に、

「よぉ狙って……ばん！」

と短銃を二発発射し、さらに二体を負傷させる。

そのうち一体を、和泉守兼定が胴を払って横に真っ二つにし、

「そらよ！」

と返す刀でもう一体、脇から来た敵の打刀を逆袈裟に斬り上げる。

短銃に撃たれたもう一体——太刀がよろめいたところを、見逃さなかった肥前忠広の鋒が胸を貫き、致命傷を与えた。

「そぉらよ」

胴を蹴って刃を抜き、血振りする。

一方、駅構内や地下鉄への通路を使う室内戦に準じた形に持ち込もうとした敵を迎え撃ち、前田藤四郎と博多藤四郎が奮闘する。

改札ゲートを盾に使い、やってくる敵の打刀の急所へ確実に刃を連続で突き立ててゆく。

「倒れなさい！」

「ここが一番の投資時たい！」

仲間の屍が立てた黒い靄を隠れ蓑に、改札を強行突破しようとした敵の打刀は、背後から鯰尾藤四郎がクロスに二度斬りした。

「これで最後だ！」

さらに宗三左文字と太閤左文字が参戦、連携して敵の薙刀二体を一気に倒す。

七

「見え見えなんですよ」

「ぶっ刺す！」

この改札を諦め、階段を下りて地下へ行こうとした一部隊は、大典太光世とソハヤノツルキの兄弟が受け持った。

「斬る！」

まず一体、敵の打刀を大典太が大きく斬り払ってから階段下へ蹴り落とし、次に踊りかかってきた太刀を、大典太が前面、ソハヤが背面から袈裟斬りに仕留める。

「何人いようが、まとめて斬ってやる！」

「貴様の動き、全て見えているぞ！」

数珠丸恒次が兄弟の助太刀に入り、敵の太刀を一体、上から下へ唐竹割りに処す。

「お仕置きです」

大包平も階段へ近づく一部隊を相手にしていた。敵の太刀を二体、力尽くで横薙ぎに切り捨てる。

「俺に斬られるんだ、名誉に思え！」

さらに、「邪魔だ！」と敵の薙刀に鋒を突き刺して振り払うのを、横で見ていた鶯丸が、くすり、と小さく笑った。隙ありと飛びかかってきた敵の打刀の上段からの攻撃を、鶯丸は撥ね上げてかわし、返す刀で斬り倒す。

そのまた一方、交差点の横断歩道付近では、倶利伽羅江が敵の打刀の首に後ろ回し蹴りを喰らわせ、よろめいた隙に胴へ刃をぶっすりと突き立てた。

同時にその隣では、鶴丸国永と南泉一文字が連携して、くるくると回転しながら、ばっさばっさと敵の群れを斬り捨ててゆく。

「遅い遅い！」

「しゃあっ！」

討ち漏らして下がってきた敵は、待ちかまえていた石切丸がまとめて力強く両断した。

「厄落としだ！」

勢いづいた刀剣男士たちと、続々と追加される時間遡行軍とで、大乱戦になった。

戦場と化した渋谷のスクランブル交差点。遠巻きにした人間たちが戦い続ける刀剣男士を受け入れている。恐れることなく、静かに、祈るように、見守っている。

それに気づいて、へし切長谷部が驚嘆した。

「まるで皆、審神者のように……」

髭切と膝丸も顔を見合わせた。

「何だかわからないけど、絶好の機会だね」

七

「そうだな、兄者」

実弦が「やっちゃえーっ」とけしかける。その声に長谷部がうなずいた。

「主に仇なす敵は斬る！」

三振りは柄を握り直し、敵に突撃する。

ハチ公像のある駅前広場では、三日月の本丸から来た四振りが戦っていた。一期一振と堀川国広が連携する。一期一振が「お覚悟！」と槍の黒い甲冑の時間遡行軍に真っ向勝負を挑み、注意を引く隙に、堀川が背後から忍び寄って跳躍、空中で回転しながら首を斬る。

「悪いけど、僕もけっこう邪道でね」

背中を蹴飛ばされて倒れ込む槍の黒い甲冑の時間遡行軍に、一期一振がとどめの逆袈裟斬りを決めた。

「斬る！」

髭切と膝丸は狙いを打刀の黒い甲冑の時間遡行軍に決めた。

「鬼退治の時間だね」

二振りで敵をさんざん翻弄し、とどめに髭切は前面で右から左に、膝丸は背面で左から右に、回転で勢いをつけて横薙ぎに斬り裂く。

「例えあやかしであろうと、恐るるに足らず！」

小烏丸と骨喰藤四郎は、敵の脇差の黒い甲冑の時間遡行軍と対峙する。

「それでは、刀本来の役割を果たそうか」

宙に舞った二振りは連続して頭上から落とし斬りをかまし、胴にとどめを刺す。

「お前は、ここで死ぬ」

山姥切長義も右手に刀、左手に鞘を持ち、敵の攻撃をさばいては隙を突く。

「ここからは本気だ。後悔しろ！」

敵を三体、次々に相手しては、斬り伏せる。

「ぶった斬る！」

へし切長谷部もその隣で豪快に戦っていた。

「俺の刃は防げない！」

敵の打刀、太刀、薙刀、と休むことなく片付ける。

「圧し斬る！」

そして、そこにいた全ての時間遡行軍を駆逐し、刀剣男士たちは刀を納めた。

七

東京スカイツリーの天望デッキから降り注いでいた光は収まっていた。

役目を終えた角が、琴音の手のひらの中で粉々に砕け散っている。

山姥切国広は意識を失ったままの伊吹を抱えていた。ふいに山姥切の目の色がもとの青緑色に戻る。

「俺は……」

何をしていたのか、戸惑う山姥切に、三日月は微笑みかける。

「帰ったか、山姥切国広」

山姥切はうつむき加減で詫びた。

「迷惑をかけた、三日月宗近」

はてさて、諦めの悪い酒呑童子はその伝説よろしく、首ひとつになってもよみがえり、襲いかかる。

「許さんぞぉぉぉっ」

と咆哮する顔はこの世のものとは思えぬおぞましさだ。

「では、舞うとしよう」

三日月はそう言うと高く跳躍し、空中で一回転しつつ袖を翻して、頭を上から下へ一刀両断にする。

断末魔の悲鳴を残して酒呑童子の頭は砕け、塵と変わって霧散した。

すとっ、と優雅に着地すると、三日月はつぶやいた。

「鬼を使い、あちらの理(ことわり)をこの時代に持ちこむとはな……」

三日月はゆっくりと太刀を納めた。

渋谷駅前に再び桜吹雪が舞い乱れる。その桜吹雪の中で刀剣男士たちが消えてゆく。各自の本丸へ帰還するのだ。

倉橋が髭切と膝丸に向かい合った。

「お勤めご苦労様でした。子々孫々にも紡いでいきたく存じます」

「うんうん。さぁ、帰るか……えっと……弟よ」

「兄者、また俺の名を……！」

仲のよい兄弟に、倉橋が笑って頭を下げ……顔を起こすともう、二振りの姿はなかった。

その十数メートル横では、実弦が長谷部に別れを告げていた。

「へっしー、帰っちゃうんだね」

「これで面倒から解放される」

最後まで冷徹な長谷部に、くすりと笑い、実弦がささやいた。

「そういえば、ちゃんと名乗ってなかったね」

「そうだな」

七

ムッとしている長谷部に、実弦が名を告げる。

「黒田。黒田実弦だよ」

長谷部は瞠目した。

「……黒田……」

「じゃあね。へし切長谷部」

手を振る実弦に長谷部が答える前に、桜吹雪が長谷部の全身を包んだ。


東京に夜が近づいている。逢魔が時である。

東京スカイツリーの天望デッキにも桜吹雪が舞っていた。

立ち上がった伊吹は、山姥切を見つめ、照れくさそうに言った。

「……ありがとう」

山姥切は頭に被った白い布を引っ張りながら、目を逸らしてうつむくだけだ。

桜の花びらの数が増し、一面の花吹雪になる。山姥切が花びらの渦に包まれた。

背を向け、同じ花びらの渦へ入ろうとする三日月に、琴音は呼びかけた。

「三日月……」

肩越しにちらりと振り返り、三日月が穏やかに微笑む。

三日月宗近と山姥切国広、二振りの姿が消えていった。

風にさらわれるように花びらが流れ、空気に溶けてなくなる。

琴音の髪をなでた最後の花びらも、消えていった。

東京スカイツリーの空に三日月が浮かぶ。

七

内閣府庁舎の地下の執務室。

この部屋の主である各務を差し置いて、高級そうな椅子に山姥切長義は座っている。この部屋の主は当然立ちっぱなしだ。

なぜか壊れたはずの壁は全て元通りになっていた。ただ、各務はそれに疑問を持つこともない。

長義は業務的に淡々と各務に言う。

「本件に関する記憶並びに記録は、時の政府により、全て削除される。痕跡も残らず、歴史は元通りとなる。よって、現時点をもって特命任務を終了。……協力に感謝する」

長義が、ふとつぶやいた。

「……全ての人間が、審神者となる可能性を秘めている、ということか……」

そのとき、桜の花びらが舞い始めた。各務は深々と礼をした。

「憶えていてはやれないが……世話になったな、各務」

初めて聞くやわらかな声……花吹雪の渦に長義が包まれる。

いつまでもいつまでも各務は頭を下げていた。


二〇一二年の秋の終わり、東京都台東区上野恩賜公園にある博物館。

会期終了間近になった、国宝を集めた特別展示を、高校生の鈴木琴音たちは授業の一環で訪れた。

琴音は博物館が好きではなかった。幼いころから物の声なき声が聞こえる体質だったために、このような古い物がある場所はやかましくて、つらい。

彩が気遣うように言う。

「体調が悪くなったら言ってね」

琴音はそれを笑顔で返して、ヘッドフォンをつける。

白いパーカを着た同年代の少年とすれ違った。見覚えがあるような、ないような……。

首を傾げる琴音だったが、彼が見ていた展示品に目が留まった。
刀だ。
ただ一振りの、刃が剥き出しの刀。
琴音は何となしにヘッドフォンを外した。
不思議とあたりは静かになった。
そして、かすかに聞こえる声。
『…………の名…………呼べ…………』
言葉が聞き取れる気がして、琴音は刀の声に耳を澄ませた。こんなことは初めてだ。
『……呼べ、俺の名を……俺の名は』
琴音はその言葉を紡ぐ。
(『三日月宗近』)
三日月みたいな模様が、きらり、と光った。

映画

小説 刀剣乱舞

TOUKENRANBU THE MOVIE

――黎明――

2023年4月5日　初版第1刷発行

原案

「刀剣乱舞 ONLINE」より

(DMM GAMES /NITRO PLUS)

脚本

小橋秀之　鋼屋ジン

著

望月伽名

デザイン：ユミ山本（らびデジニュ）

校閲：出版クォリティセンター　小学館クリエイティブ

制作：松田雄一郎　宮川紀穂

宣伝：鈴木里彩

販売：三橋亮二

企画・編集：古澤 泉

監修：「映画刀剣乱舞」製作委員会

発行者：沢辺伸政

発行所：株式会社　小学館

〒101-8001　東京都千代田区一ツ橋2-3-1

☎03-3230-5305（編集）　☎03-5281-3555（販売）

印刷所：凸版印刷株式会社

製本所：株式会社若林製本工場

Printed in Japan

ISBN 978-4-09-386675-0

太刀

三日月宗近

鈴木拡樹

打刀

山姥切国広

荒牧慶彦

打刀

へし切長谷部

和田雅成

打刀

山姥切長義

梅津瑞樹

太刀

髭切　佐藤たかみち

太刀

膝丸

山本涼介

脇差

骨喰藤四郎 定本楓馬

脇差

堀川国広 小西詠斗

太刀

一期一振

本田礼生

太刀

小烏丸

玉城裕規

藤原道長　柄本明

安倍晴明　竹財輝之助

源頼光　津田寛治

鈴木琴音
秋田汐梨

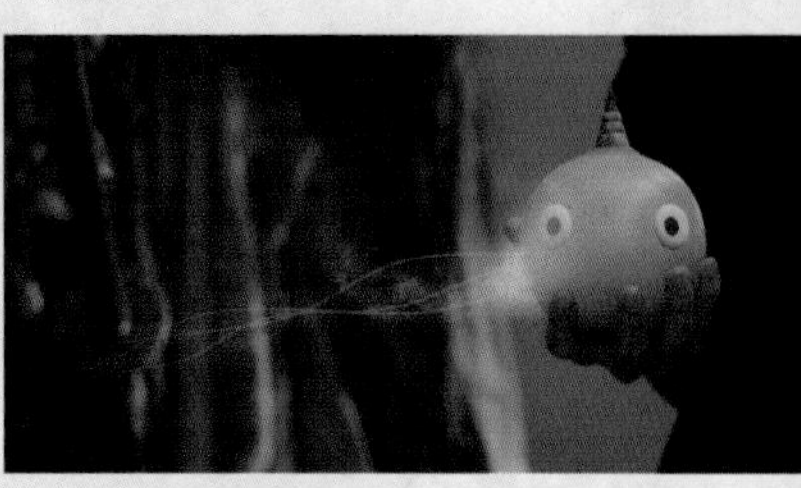

大枝伊吹
中山咲月

倉橋　堀内正美

実弦　柳 美稀

各務　飛永 翼